一起快樂學習日語50音吧！

元氣日語50音

零基礎

新版

本間岐理 著

元智大學應用外語系副教授 吳翠華博士 推薦

推薦序

多年教學經驗＋學生回饋意見
＝100分的日語入門書

　　本書作者本間岐理老師在台灣多所學校任教，像是元智大學、中原大學、健行科技大學、及致理科技大學等。教授的日語相關科目，從初級50音到進階文法寫作、商業會話等，包羅萬象。而學生年齡層廣佈小學生至退休人士，且已有10年以上教學經驗，造福了無數莘莘學子。此外，本間老師出版多本受到好評的日語學習書，包含日語會話、日語檢定及日語教科書等，故可稱本間老師為資深且專業的日語老師。自從本間老師至本校任教以來，我發現本間老師教材多元、教學認真，並與學生有良好的互動，深受大家的喜愛，故能為本間老師的著作寫推薦序，也為樂事一件。

　　日語入門學習書，在市面上不下百本，本間老師依照她本人在台灣使用教材的實際經驗，以及學生的回饋意見編寫出本書。本書的特色，除了選用適合現階段初學者容易了解的常用單字，以及明確的例句，非常簡單易懂之外，更搭配適當的插圖及色彩，幫助記憶、增加學習效果，而且還採用較一般書籍大的字體，以利閱讀。

　　相信本書能引導您入門，並為下階段的學習打下良好的基礎，在此祝福所有的讀者，能享受學習日語的樂趣。

元智大學應用外語系副教授
吳翠華

作者からの言葉

　日本語の基本である平仮名、片仮名は日本語学習者が必ず通らなければならない最初の入り口であり、不可欠なものです。しかし、学習者からは「平仮名、片仮名の勉強は、単調で、つまらない」という声を耳にします。実際、学習者の中には次のステップへ進む前に、挫折してしまう人も少なくないようです。

　この「元気日本語50音」は、活発に楽しく平仮名、片仮名を学ぶことができるよう歌やゲーム、言葉遊びなどが豊富に盛り込まれ、飽きることなく、日本語学習が進めていけるよう作成されています。更に、文字の認識から始まり、「読む」「書く」はもちろん、挨拶や簡単な会話などを取り入れ、「聞く」「話す」練習もできるようになっています。次のステップへ入る頃には、簡単な会話ができるようになっているでしょう。

　また、生活に必要な「ことば」が多く使われているので、平仮名、片仮名を勉強しつつ、実際に使える単語も学ぶことができ、記憶に残り覚えやすくなるよう、単語には挿絵が付けられています。

　これから日本語を勉強し始めようとしている人、平仮名、片仮名の形は認識できるが、書いたり、聞き取ったり、言ったりするのが苦手だという人など様々な人に、ぜひ「元気日本語50音」を使っていただきたいと思っております。

　最後に出版にあたり、労をとってくださった瑞蘭国際出版社の皆様に深く感謝申し上げます。

本間岐理

作者序

作者的話

　　作為日語基礎的平假名和片假名，是日語學習者必須通過的第一個入口，也是不可或缺的東西。然而我卻從學習者之中，聽到「學習平假名、片假名，既單調又無聊」這樣的聲音。事實上，在往下一步邁進之前就受到挫折的學習者也不在少數。

　　本書《元氣日語50音》，是為了能夠活潑且快樂地學習平假名、片假名，所以囊括了豐富的歌曲、文字遊戲等，希望學習者不會感到厭倦、往日語學習之路邁進所製作而成的。而且，從認識文字開始，除了「讀」、「寫」是必然的，還加入招呼用語和簡單的會話，讓學習者也能練習到「聽」、「說」。如此一來，在要進入下一個學習階段時，就已經能夠進行簡單的對話了吧！

　　此外，本書又因使用了許多生活中必要的「詞彙」，所以在一邊學習平假名、片假名的同時，也能一邊學到可實際應用的單字，而為了使印象深刻、好記憶，單字還附有插圖。

　　不論是從現在要開始學習日語的人，或是雖認得平假名、片假名的樣子，卻對於寫、聽、說感到棘手的人，誠摯希望各種學習日語的人都能使用「元氣日語50音」。

　　最後要對瑞蘭國際出版社協助出版、付出辛勞的各位致上最深的謝意。

本間岐理

如何使用本書

本書共分為15課,依照「學習平假名→複習平假名→學習片假名→複習平假名和片假名」的順序,扎實地逐步掌握日語的基礎。本間老師深知許多學習者苦於沒有一個能夠輕鬆又有趣地學習日語50音的方法,為日語初學者量身打造完美學習步驟,只要跟著本間老師的腳步,不但能快樂又有效地學好日語50音,還能同步累積單字、會話實力!

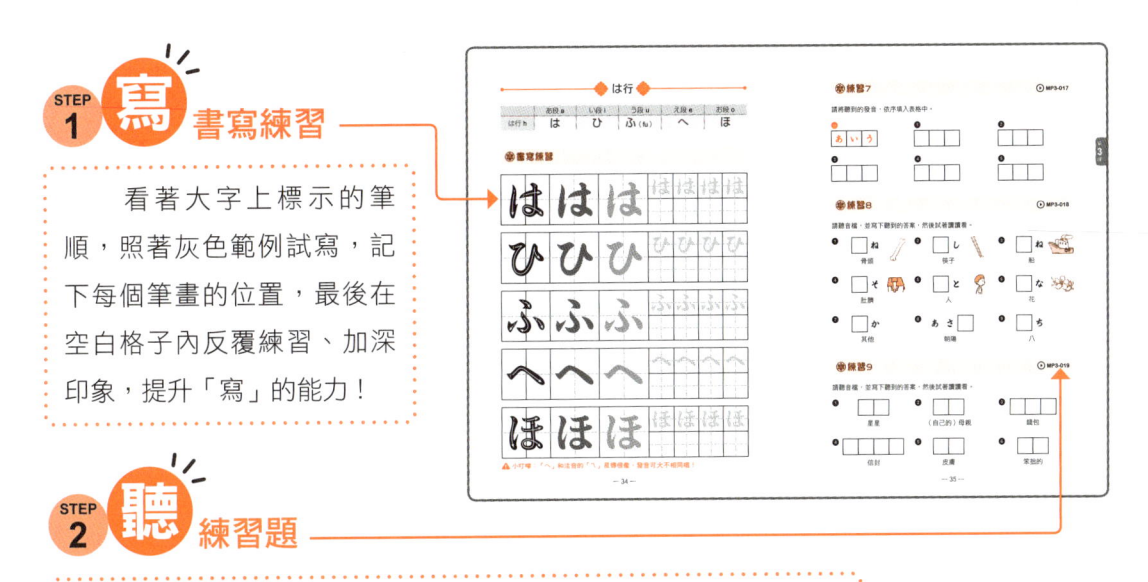

STEP 1 寫 書寫練習

看著大字上標示的筆順,照著灰色範例試寫,記下每個筆畫的位置,最後在空白格子內反覆練習、加深印象,提升「寫」的能力!

STEP 2 聽 練習題

豐富的練習題,從辨認不同假名的發音,到聽取單字中特定位置的假名,再聽出完整單字,達到循序漸進並重複練習的效果,並在練習的過程中,不知不覺逐漸累積單字量,提升「聽」的能力!

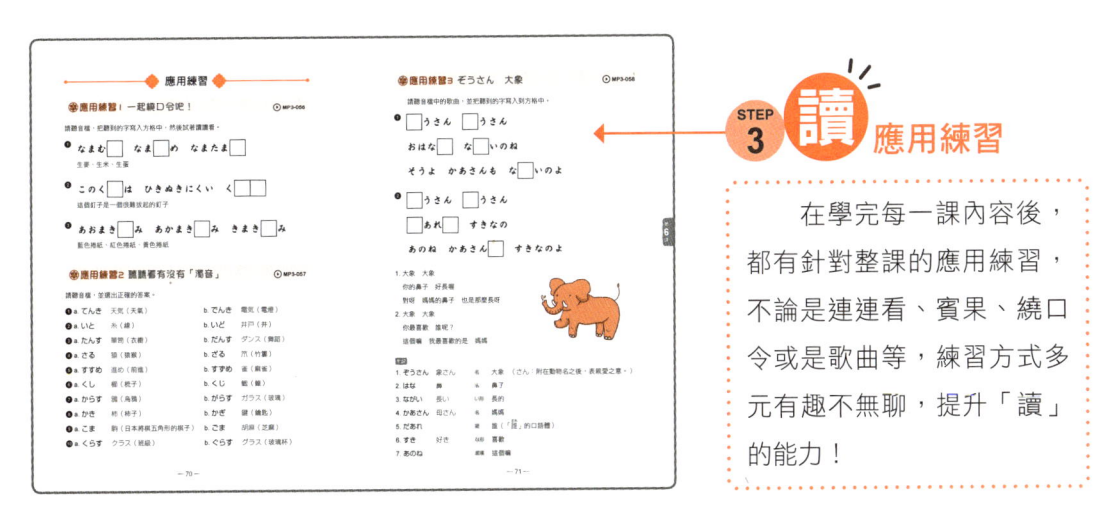

STEP 3 讀 應用練習

在學完每一課內容後,都有針對整課的應用練習,不論是連連看、賓果、繞口令或是歌曲等,練習方式多元有趣不無聊,提升「讀」的能力!

STEP 4 說 問候：聽一聽，說一說！

每一課的最後，都有幾句簡單卻實用的問候語，並且都是利用已經學過的假名，不怕學完50音卻說不出日語，一邊學一邊就能說出完整的句子，提升「說」的能力！

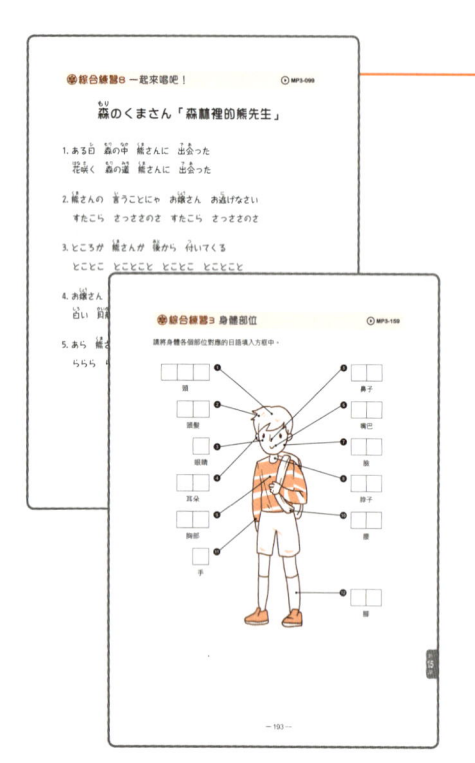

STEP 5 聽 說 讀 寫 綜合練習

在完成平假名及片假名的學習之後，分別有由多種練習所組成的綜合練習，內容範圍囊括地名、國名、擬聲語、擬態語、歌曲、身體部位、動物等。綜合練習是以每一課的練習題為基礎，讓學習者往上、往外廣泛延伸學習各類單字，並能夠立刻開口說出生活會話。因此，讀到最後一頁，除了學完、學好日語50音，更學到最多樣化的單字、短句、會話，「聽」、「說」、「讀」、「寫」4項能力並進！

如何掃描 QR Code 下載音檔

1. 以手機內建的相機或是掃描 QR Code 的 App 掃描封面的 QR Code。
2. 點選「雲端硬碟」的連結之後，進入音檔清單畫面，接著點選畫面右上角的「三個點」。
3. 點選「新增至「已加星號」專區」一欄，星星即會變成黃色或黑色，代表加入成功。
4. 開啟電腦，打開您的「雲端硬碟」網頁，點選左側欄位的「已加星號」。
5. 選擇該音檔資料夾，點滑鼠右鍵，選擇「下載」，即可將音檔存入電腦。

目　次

推薦序　多年教學經驗＋學生回饋意見＝100分的日語入門書 ……………… 2

作者序　作者からの言葉 …………………………………………………………… 3

如何使用本書 ………………………………………………………………………… 5

第1課　平假名：清音　11

平假名的由來 ……………………………………………………………… 12
音節文字 …………………………………………………………………… 13
日語50音總表（平假名）………………………………………………… 14

第2課　平假名：清音「あ行」、「か行」、「さ行」　15

「あ行」……………………………………………………………………… 16
「か行」……………………………………………………………………… 18
「さ行」……………………………………………………………………… 21
應用練習 …………………………………………………………………… 24
問候：聽一聽，說一說！「すみません」（不好意思）………………… 26

第3課　平假名：清音「た行」、「な行」、「は行」　27

「た行」……………………………………………………………………… 28
「な行」……………………………………………………………………… 31
「は行」……………………………………………………………………… 34
應用練習 …………………………………………………………………… 36
問候：聽一聽，說一說！「失礼（しつれい）します」（不好意思）………… 38

第4課　平假名：清音「ま行」、「や行」、「ら行」　39

「ま」行 ··· 40
「や」行 ··· 42
「ら」行 ··· 44
應用練習 ··· 47
問候：聽一聽，説一説！「どういたしまして」（不客氣） ··········· 50

第5課　平假名：清音「わ・を・ん」、長音、撥音、促音　51

「わ・を・ん」 ·· 52
特殊拍──長音 ·· 55
特殊拍──撥音 ·· 57
特殊拍──促音 ·· 58
應用練習 ··· 59
問候：聽一聽，説一説！「～ございます」（禮貌的表現） ··········· 62

第6課　平假名：濁音「が行」、「ざ行」、「だ行」　63

「が行」 ··· 64
「ざ行」 ··· 66
「だ行」 ··· 68
應用練習 ··· 70
問候：聽一聽，説一説！「いただきます」（開動） ··········· 72

第7課　平假名：濁音「ば行」、半濁音「ぱ行」　73

「ば行」 ··· 74
「ぱ行」 ··· 76
應用練習 ··· 79
問候：聽一聽，説一説！「おはよう」（早安） ··········· 82

第8課　平假名：清音「拗音」　83

平假名「清音」的「拗音」 …………………………………… 84
「か行」、「さ行」拗音 …………………………………………… 86
「た行」、「な行」拗音 …………………………………………… 89
「は行」、「ま行」、「ら行」拗音 ………………………………… 92
應用練習 …………………………………………………………… 96
問候：聽一聽，說一說！「お元気ですか」（你好嗎？） …… 98

第9課　平假名：濁音・半濁音「拗音」　99

「が行」、「ざ行」、「だ行」拗音 ………………………………… 100
「ば行」、「ぱ行」拗音 …………………………………………… 104
應用練習 …………………………………………………………… 107
問候：聽一聽，說一說！「行ってきます」（我出門了） …… 112

第10課　平假名總複習　113

綜合練習 …………………………………………………………… 114
問候：聽一聽，說一說！「どうぞ」（請） …………………… 126

第11課　片假名：清音「ア行」、「カ行」、「サ行」、「タ行」、「ナ行」　127

片假名的使用 ……………………………………………………… 128
片假名的由來 ……………………………………………………… 129
「ア行」 …………………………………………………………… 130
「カ行」 …………………………………………………………… 132
「サ行」 …………………………………………………………… 134
「タ行」 …………………………………………………………… 136
「ナ行」 …………………………………………………………… 139
應用練習 …………………………………………………………… 141
問候：聽一聽，說一說！「さようなら」（再見） …………… 143
　　　　　　　　　　　「お先に失礼します」（我先失陪了） …… 144

第12課　片假名：清音「ハ行」、「マ行」、「ヤ行」、「ラ行」、「ワ・ヲ・ン」　145

- 「ハ行」 …………………………………………………………………… 146
- 「マ行」 …………………………………………………………………… 148
- 「ヤ行」 …………………………………………………………………… 150
- 「ラ行」 …………………………………………………………………… 152
- 「ワ・ヲ・ン」 …………………………………………………………… 155
- 應用練習 …………………………………………………………………… 157
- 問候：聽一聽，說一說！「ごめんなさい」（對不起） ………………… 160

第13課　片假名：濁音、半濁音「ガ行」～「バ行」、「パ行」　161

- 「ガ行」 …………………………………………………………………… 162
- 「ザ行」 …………………………………………………………………… 164
- 「ダ行」 …………………………………………………………………… 166
- 「バ行」 …………………………………………………………………… 168
- 「パ行」 …………………………………………………………………… 170
- 應用練習 …………………………………………………………………… 172
- 問候：聽一聽，說一說！「どうですか」（如何呢？） ………………… 176

第14課　片假名：拗音　177

- 清音：「カ行」、「サ行」拗音 ………………………………………… 178
- 清音：「タ行」、「ナ行」拗音 ………………………………………… 180
- 清音：「ハ行」、「マ行」、「ラ行」拗音 …………………………… 182
- 濁音：拗音 ………………………………………………………………… 184
- 應用練習 …………………………………………………………………… 187
- 問候：聽一聽，說一說！「ごめんください」（打擾了） ……………… 190

第15課　平假名、片假名總複習　191

- 綜合練習 …………………………………………………………………… 192

附錄：練習、應用練習、綜合練習解答 ……………………………………………… 199

第 1 課

平假名

清音

學習目標

①學習平假名的由來,以及使用平假名的場合
②用「音節文字」來學習日語文字的唸法

平假名的由來

平假名是用來標記日語的「音節文字」。「平假名」源自於漢字，是從漢字的字體簡化後，由曲線所構成的文字。過程如下表所示：

安ああ	以いい	宇宇う	衣衣え	於おお
加かか	幾幾き	久くく	計けけ	己ここ
左さき	えとし	寸すす	世せせ	曽そそ
太たた	知ちち	川つつ	天てて	止とと
奈なな	仁にに	奴ぬぬ	祢ねね	乃のの
波はは	比ひひ	不ふふ	部へへ	保ほほ
末まま	美みみ	武むむ	女めめ	毛もも
也やや		由ゆゆ		与よよ
良らら	利りり	留るる	礼れれ	呂ろろ
和わわ	為ゐ(ゐ)		恵ゑ(ゑ)	遠をを
无ゑん				

音節文字

50音的發音是由5個「母音」，以及「子音和母音的組合」所構成。

母音：a, i, u, e, o

子音：k, s, t, n, h, m, y, r, w, (n)

例 「か」的發音＝子音＋母音＝k＋a＝ka

▶ MP3-001

母音 子音	a	あ	i	い	u	う	e	え	o	お
k	ka	か	ki	き	ku	く	ke	け	ko	こ
s	sa	さ	shi	し	su	す	se	せ	so	そ
t	ta	た	chi	ち	tsu	つ	te	て	to	と
n	na	な	ni	に	nu	ぬ	ne	ね	no	の
h	ha	は	hi	ひ	fu	ふ	he	へ	ho	ほ
m	ma	ま	mi	み	mu	む	me	め	mo	も
y	ya	や			yu	ゆ			yo	よ
r	ra	ら	ri	り	ru	る	re	れ	ro	ろ
w	wa	わ							o	を
	n	ん								

⚠ 小叮嚀：

＊「し」的發音是【shi】，不是【si】

＊「ち」的發音是【chi】，不是【ti】

＊「つ」的發音是【tsu】，不是【tu】

日語50音總表（平假名）

清音

	あ段	い段	う段	え段	お段
あ行	あ a	い i	う u	え e	お o
か行	か ka	き ki	く ku	け ke	こ ko
さ行	さ sa	し shi	す su	せ se	そ so
た行	た ta	ち chi	つ tsu	て te	と to
な行	な na	に ni	ぬ nu	ね ne	の no
は行	は ha	ひ hi	ふ fu	へ he	ほ ho
ま行	ま ma	み mi	む mu	め me	も mo
や行	や ya		ゆ yu		よ yo
ら行	ら ra	り ri	る ru	れ re	ろ ro
わ行	わ wa				を o
ん行	ん n				

濁音・半濁音

	あ段	い段	う段	え段	お段
が行	が ga	ぎ gi	ぐ gu	げ ge	ご go
ざ行	ざ za	じ ji	ず zu	ぜ ze	ぞ zo
だ行	だ da	ぢ ji	づ zu	で de	ど do
ば行	ば ba	び bi	ぶ bu	べ be	ぼ bo
ぱ行	ぱ pa	ぴ pi	ぷ pu	ぺ pe	ぽ po

⚠ 小叮嚀：「じ」和「ぢ」的發音都是【ji】，「ず」和「づ」的發音都是【zu】。

拗音

きゃ kya	きゅ kyu	きょ kyo	しゃ sha	しゅ shu	しょ sho
ちゃ cha	ちゅ chu	ちょ cho	にゃ nya	にゅ nyu	にょ nyo
ひゃ hya	ひゅ hyu	ひょ hyo	みゃ mya	みゅ myu	みょ myo
りゃ rya	りゅ ryu	りょ ryo	ぎゃ gya	ぎゅ gyu	ぎょ gyo
じゃ ja	じゅ ju	じょ jo	（ぢゃ）ja	（ぢゅ）ju	（ぢょ）jo
びゃ bya	びゅ byu	びょ byo	ぴゃ pya	ぴゅ pyu	ぴょ pyo

第 2 課

平假名

清音「あ行」、「か行」、「さ行」

學習目標

①學習平假名的清音「あ行」、「か行」、「さ行」
②學習清音「あ行」、「か行」、「さ行」的相關單字
③透過聽力，學習「あ行」、「か行」、「さ行」的相關單字
④學習「向人搭話時」的表現

平假名「あ行」、「か行」、「さ行」：

	あ段 a	い段 i	う段 u	え段 e	お段 o
あ行	あ	い	う	え	お
か行 k	か	き	く	け	こ
さ行 s	さ	し	す	せ	そ

あ行

	あ段 a	い段 i	う段 u	え段 e	お段 o
あ行	あ	い	う	え	お

書寫練習

あ あ あ あ あ あ あ

い い い い い い い

う う う う う う う

え え え え え え え

お お お お お お お

練習 1　　MP3-002

請將聽到的發音，依序填入表格中。

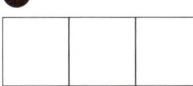

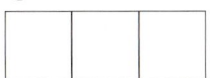

例： あ　い　う

❶　❷

❸　❹　❺

練習 2　　MP3-003

請聽音檔，並寫下聽到的答案，然後試著讀讀看。

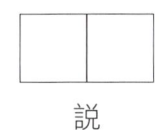

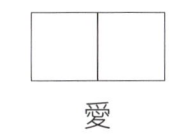

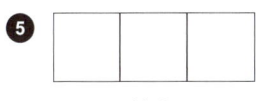

❶ 家
❷ 上
❸ 侄子
❹ 不是
❺ 藍色
❻ 很多
❼ 説
❽ 愛
❾ 遇見

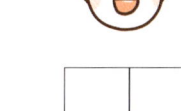

か行

	あ段 a	い段 i	う段 u	え段 e	お段 o
か行 k	か	き	く	け	こ

書寫練習

か	か	か	か	か	か	か
き	き	き	き	き	き	き
く	く	く	く	く	く	く
け	け	け	け	け	け	け
こ	こ	こ	こ	こ	こ	こ

⚠ 小叮嚀：「く」和注音的「く」長得很像，發音可大不相同哦！

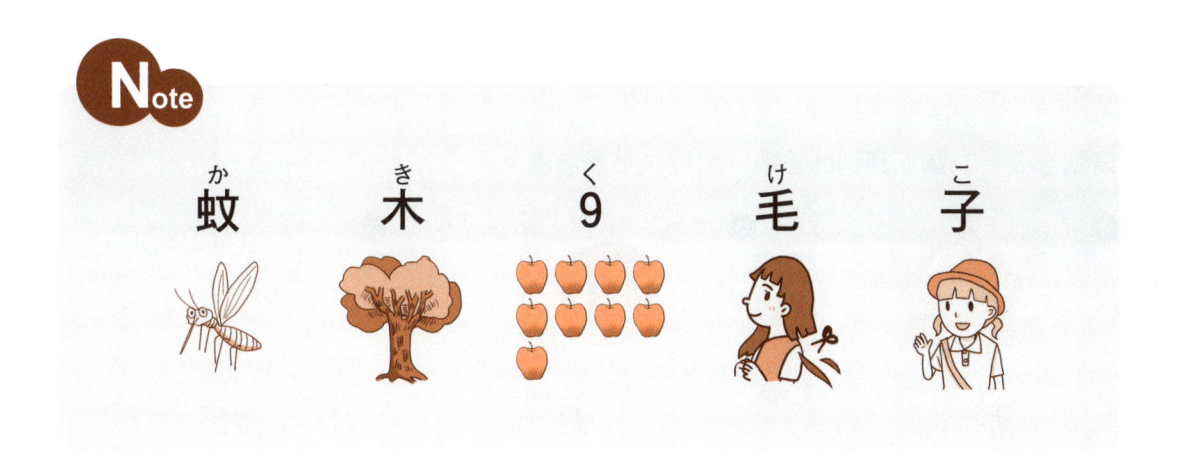

Note

か	き	く	け	こ
蚊	木	9	毛	子

練習3　　MP3-004

請依照所聽到的發音，由左到右寫下來。

例	け	く	こ	か	き
1					
2					
3					
4					
5					

練習4　MP3-005

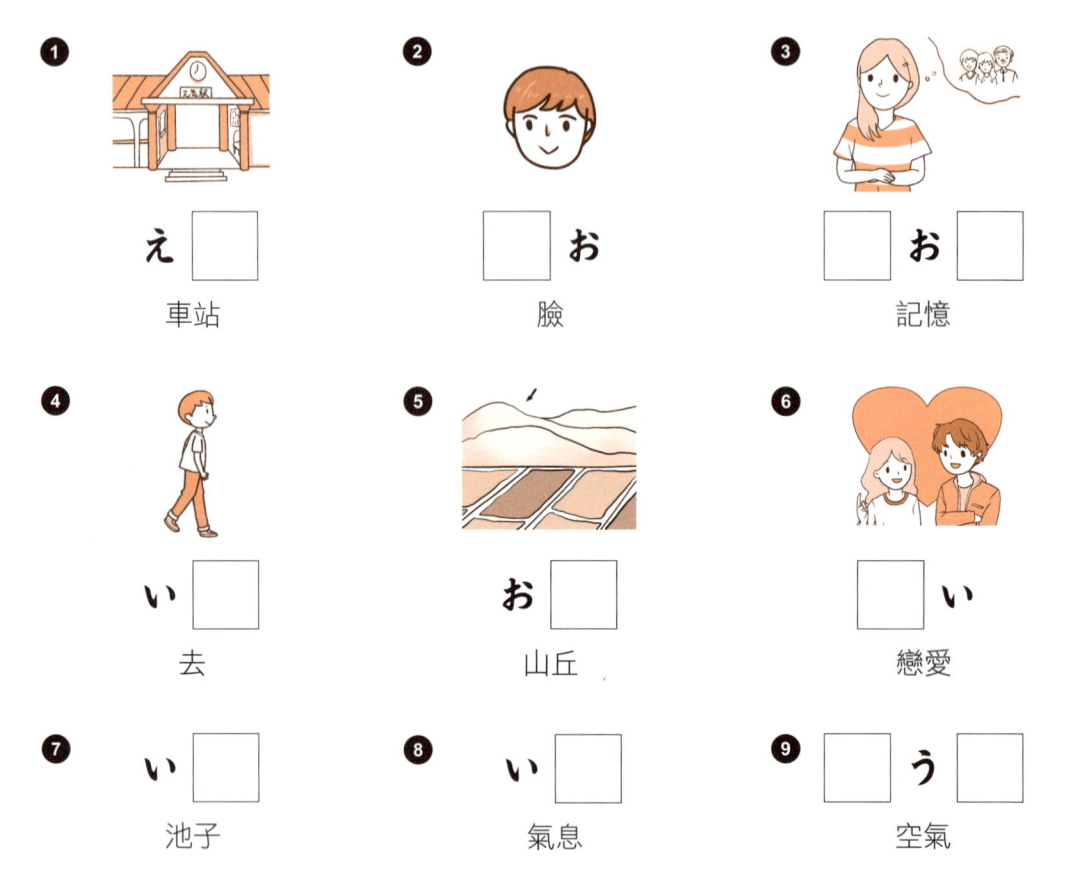

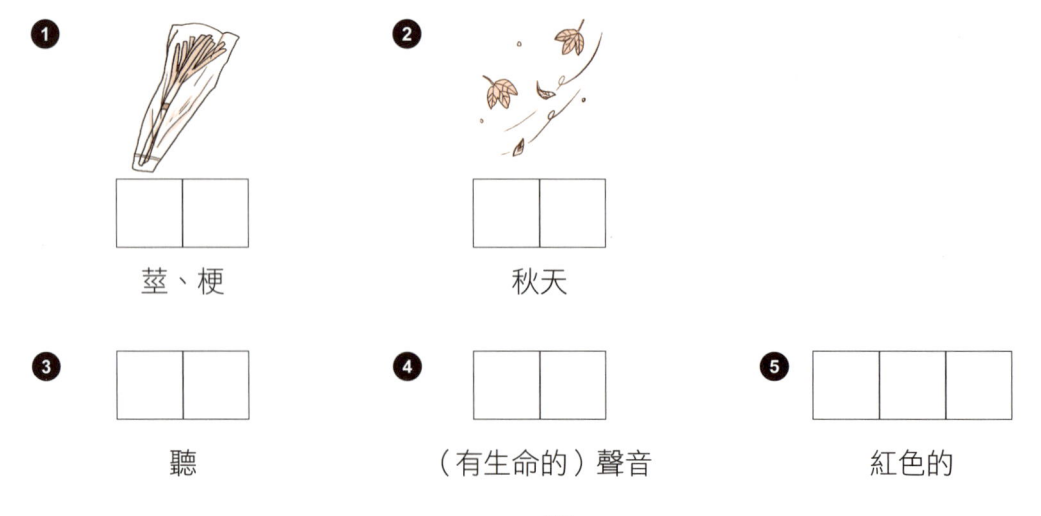

請聽音檔，並寫下聽到的答案，然後試著讀讀看。

❶ え☐　車站

❷ ☐お　臉

❸ ☐お☐　記憶

❹ い☐　去

❺ お☐　山丘

❻ ☐い　戀愛

❼ い☐　池子

❽ い☐　氣息

❾ ☐う☐　空氣

練習5　MP3-006

請聽音檔，並寫下聽到的答案，然後試著讀讀看。

❶ ☐☐　莖、梗

❷ ☐☐　秋天

❸ ☐☐　聽

❹ ☐☐　（有生命的）聲音

❺ ☐☐☐　紅色的

さ行

	あ段 a	い段 i	う段 u	え段 e	お段 o
さ行 s	さ	し ※（shi）	す	せ	そ

書寫練習

さ さ さ さ さ さ さ

し し し し し し し

す す す す す す す

せ せ せ せ せ せ せ

そ そ そ そ そ そ そ

⚠ 小叮嚀：「せ」和注音的「ㄝ」長得很像，發音可大不相同哦！

Note

「さしすせそ」5種基本調味料單字介紹：

さとう【砂糖】砂糖

そ　みそ【味噌】味噌

せ　しょうゆ【醤油】醤油

す【酢】醋

しお【塩】鹽

＊醬油的日語，現在的説法是「しょうゆ」，但是以前的説法是「せうゆ」，所以用「せ」來記憶。

練習 6　　MP3-007

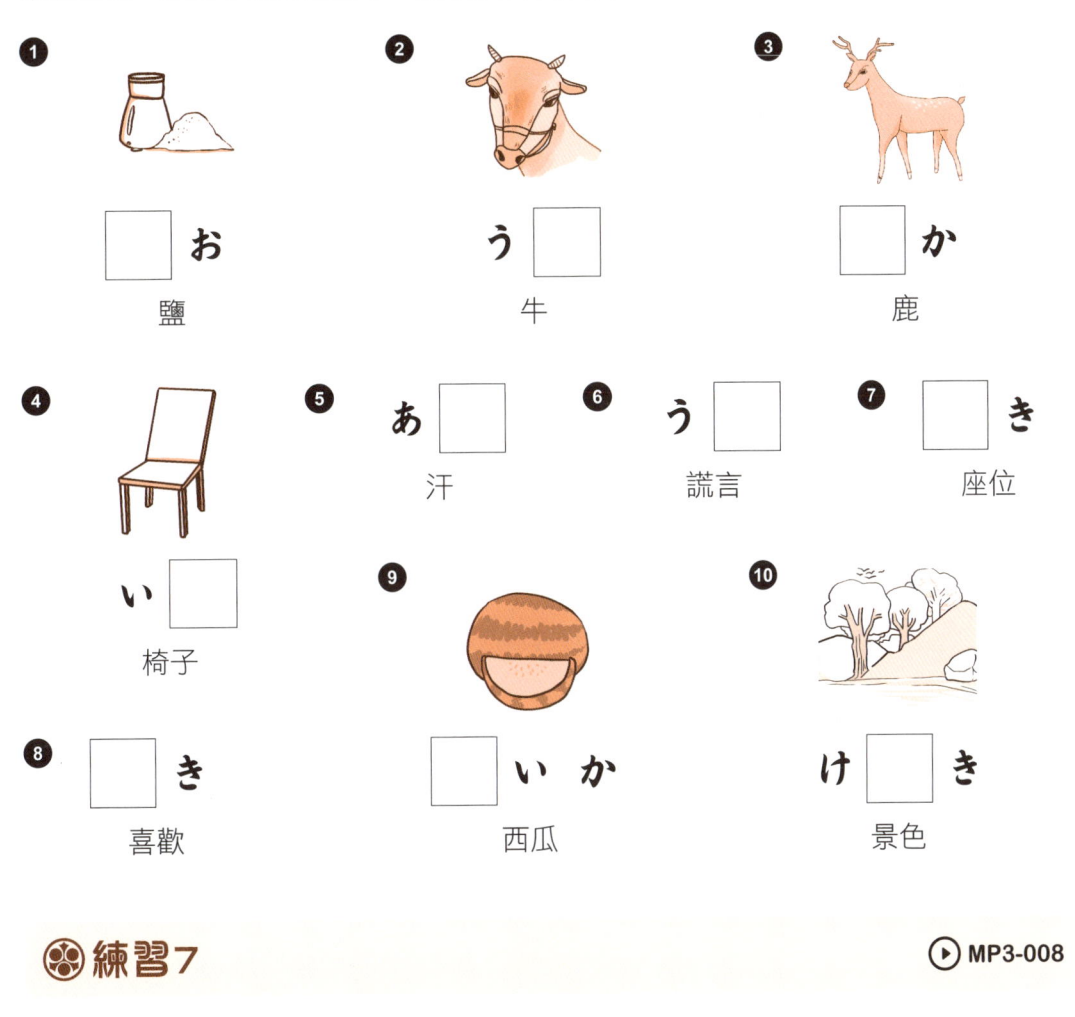

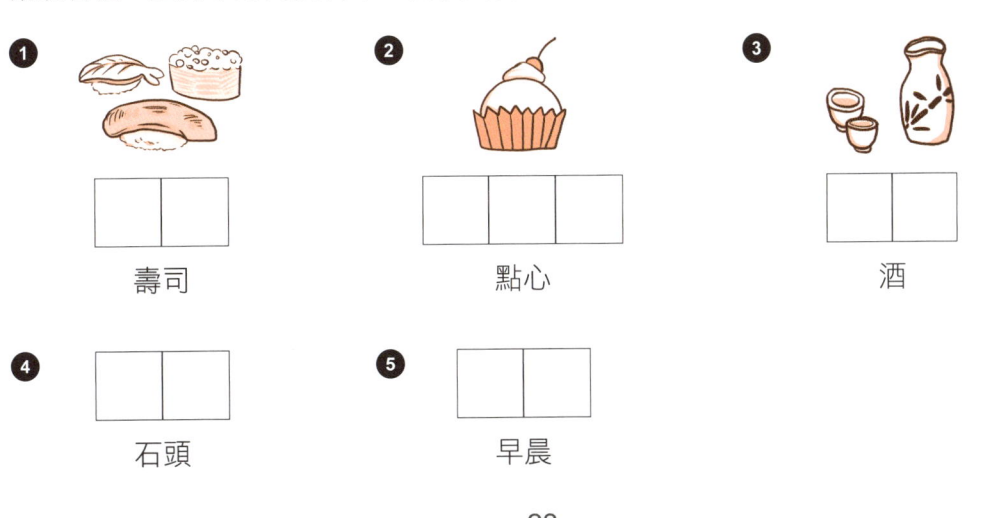

請聽音檔，並寫下聽到的答案，然後試著讀讀看。

1. ☐お　鹽
2. う☐　牛
3. ☐か　鹿
4. い☐　椅子
5. あ☐　汗
6. う☐　謊言
7. ☐き　座位
8. ☐き　喜歡
9. ☐いか　西瓜
10. け☐き　景色

練習 7　　MP3-008

請聽音檔，並寫下聽到的答案，然後試著讀讀看。

1. ☐☐　壽司
2. ☐☐　點心
3. ☐☐　酒
4. ☐☐　石頭
5. ☐☐　早晨

應用練習

應用練習1 連連看

依照50音的順序，從「あ」往前進，直到抵達目標「そ」為止。

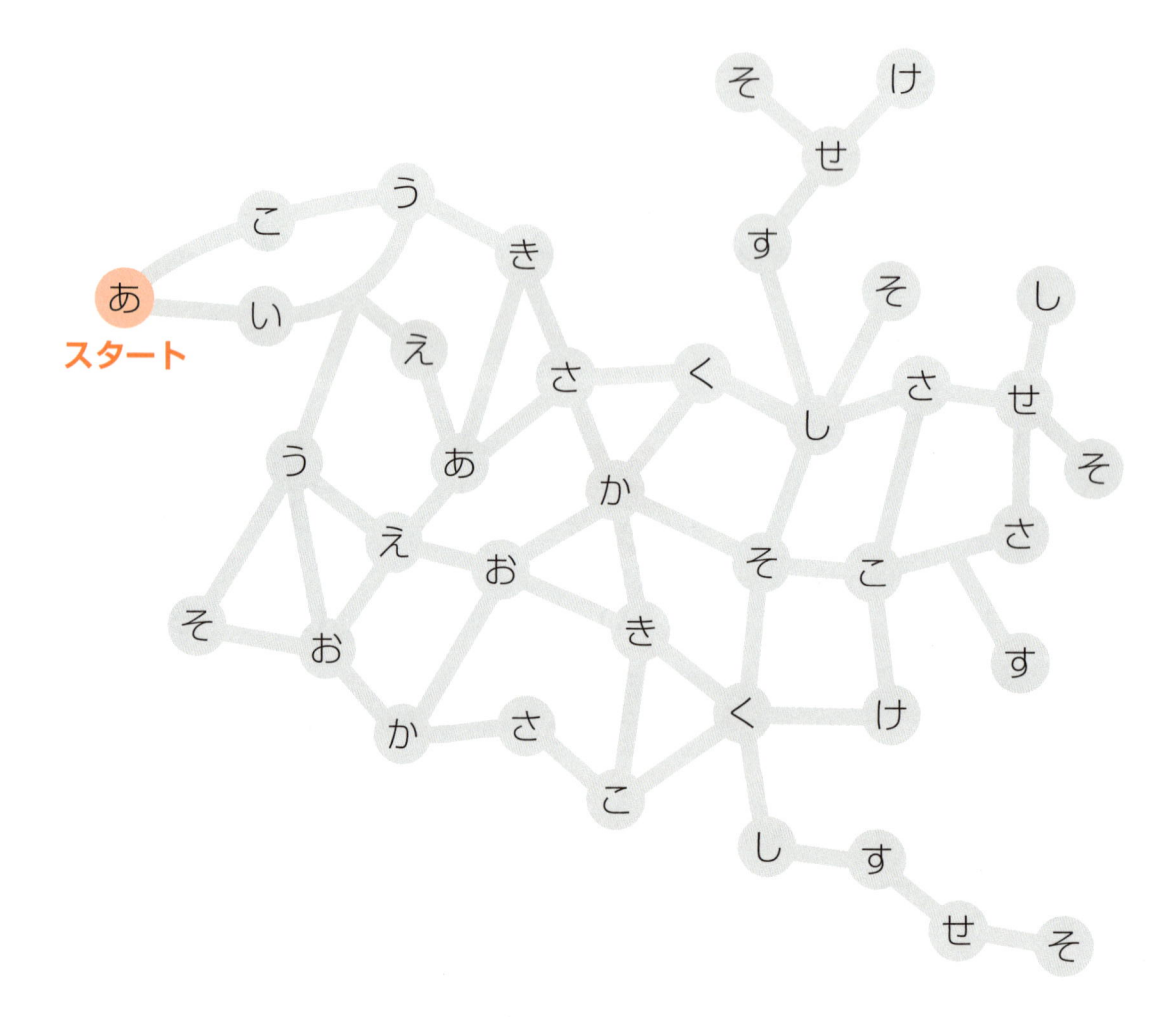

應用練習2　聽聽看　MP3-009

請聽音檔，選出正確的答案，並且寫在方框中。

例 　こ[え]　（有生命的）聲音　a. う　b.(え)　c. そ

1. か[　]　臉　a. あ　b. お　c. う

2. そ[　]　底　a. こ　b. く　c. い

3. あ[　]　腳　a. く　b. う　c. し

4. [　]かい　世界　a. さ　b. す　c. せ

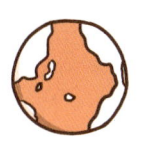

5. し[　]　四季　a. そ　b. き　c. さ

— 25 —

問候：聽一聽，說一說！

▶ MP3-010

すみません。
不好意思。

あのう……
那個……

Note

「すみません」（不好意思）

1. すみません：不好意思
2. あのう：那個……（向別人請教問題時，所使用的開頭字）

＊「あのう」和「すみません」一樣，都是向人搭話時的一種表現。「あのう、すみません」兩個也可以一起使用。

第 3 課

平假名

清音「た行」、「な行」、「は行」

學習目標

①學習平假名的清音「た行」、「な行」、「は行」
②學習清音「た行」、「な行」、「は行」的相關單字
③透過聽力，學習「た行」、「な行」、「は行」的相關單字
④學習「進入室內及離開場所時」使用的「禮貌問候語」

平假名「た行」、「な行」、「は行」：

	あ段 a	い段 i	う段 u	え段 e	お段 o
た行 t	た	ち	つ	て	と
な行 n	な	に	ぬ	ね	の
は行 h	は	ひ	ふ	へ	ほ

た行

	あ段 a	い段 i	う段 u	え段 e	お段 o
た行 t	た	ち ※(chi)	つ ※(tsu)	て	と

書寫練習

⚠ 小叮嚀:「ち」讀作【chi】,不是【ti】;「つ」讀作【tsu】,不是【tu】。

練習1　MP3-011

請將聽到的發音，依序填入表格中。

例｜あ｜い｜う｜

❶ ｜　｜　｜　｜
❷ ｜　｜　｜　｜
❸ ｜　｜　｜　｜
❹ ｜　｜　｜　｜
❺ ｜　｜　｜　｜

練習2　MP3-012

請聽音檔，並寫下聽到的答案，然後試著讀讀看。

❶ ☐けい　時鐘

❷ お☐　（無生命的）聲音

❸ く☐　鞋

❹ あ☐い　熱的

❺ い☐い　痛的

❻ ☐かい　高的、貴的

❼ く☐　嘴

❽ ☐え　智慧

❾ ☐き　敵人

練習3　MP3-013

請聽音檔，並寫下聽到的答案，然後試著讀讀看。

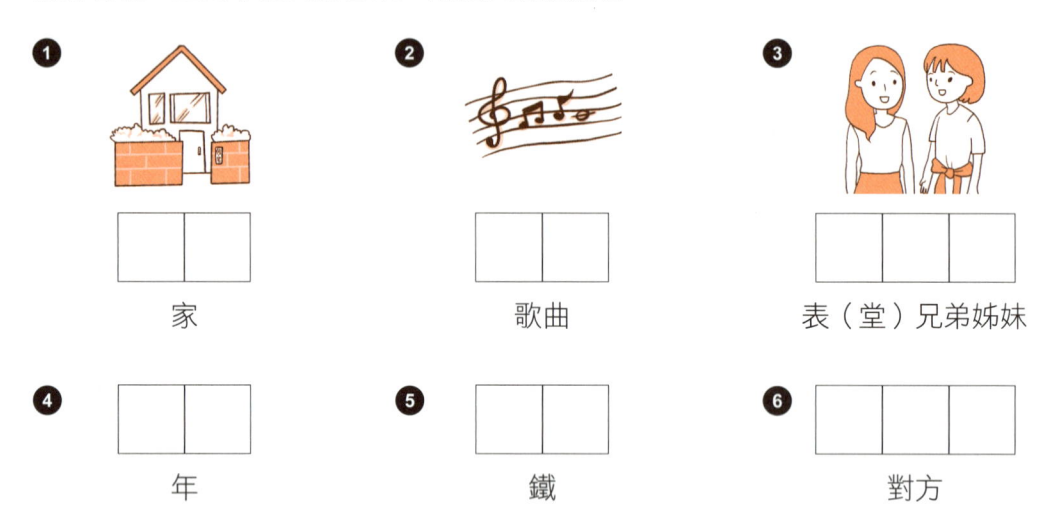

❶ 家

❷ 歌曲

❸ 表（堂）兄弟姊妹

❹ 年

❺ 鐵

❻ 對方

な行

	あ段 a	い段 i	う段 u	え段 e	お段 o
な行 n	な	に	ぬ	ね	の

書寫練習

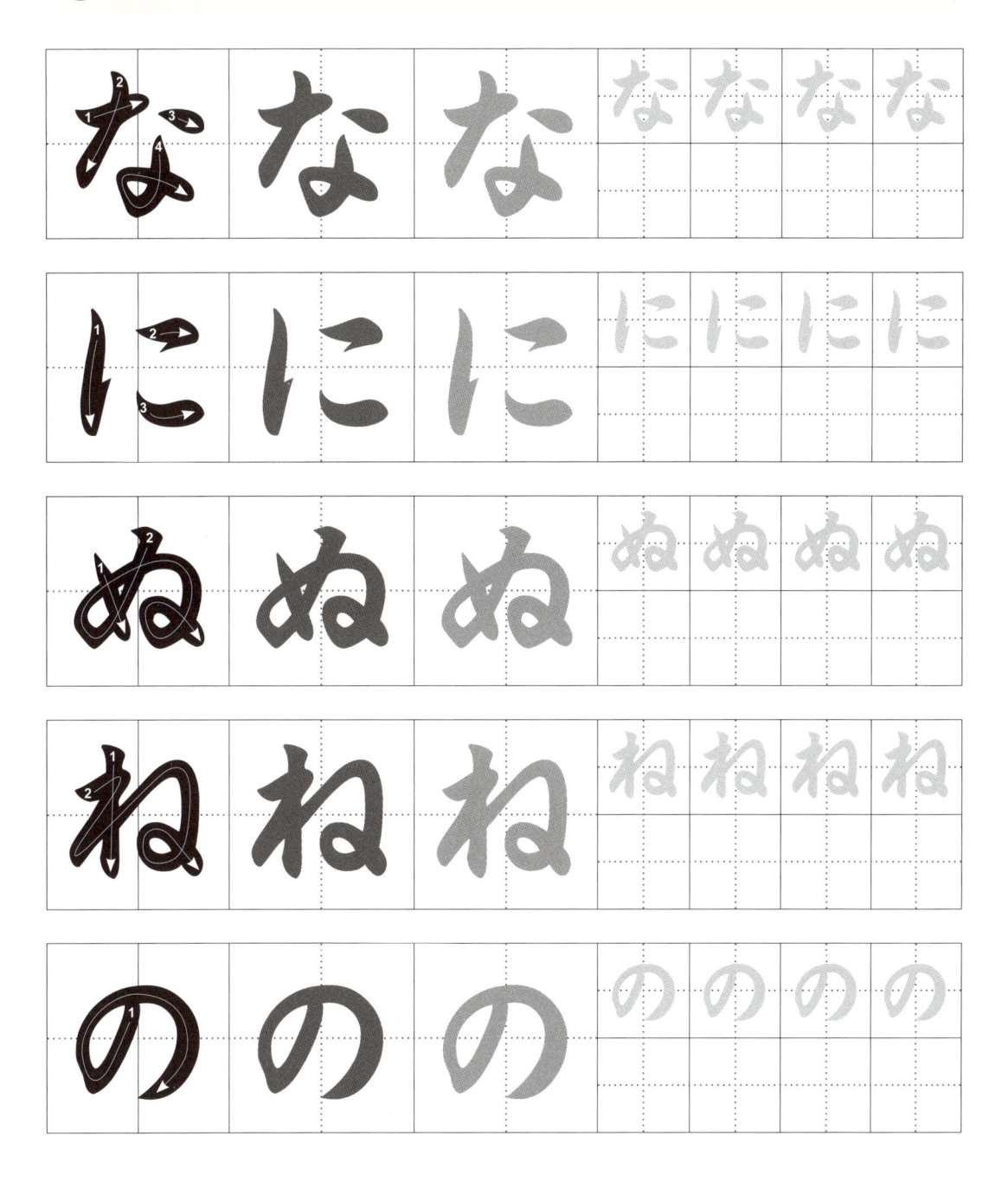

練習4　MP3-014

請依照所聽到的發音，由左到右寫下來。

例	に	ぬ	ね	な	の
❶					
❷					
❸					
❹					
❺					

練習5　MP3-015

請聽音檔，並寫下聽到的答案，然後試著讀讀看。

❶ □こ
鋸子

❷ さか□
魚

❸ □こ
貓

❹ か□
螃蟹

❺ あ□
（自己的）姊姊

❻ お□
斧頭

❼ □く
肉

❽ き□う
昨天

❾ □か
中間

— 32 —

練習6　MP3-016

請聽音檔,並寫下聽到的答案,然後試著讀讀看。

❶
狗

❷
布

❸
菇類

❹
鄉下

は行

	あ段 a	い段 i	う段 u	え段 e	お段 o
は行 h	は	ひ	ふ (fu)	へ	ほ

書寫練習

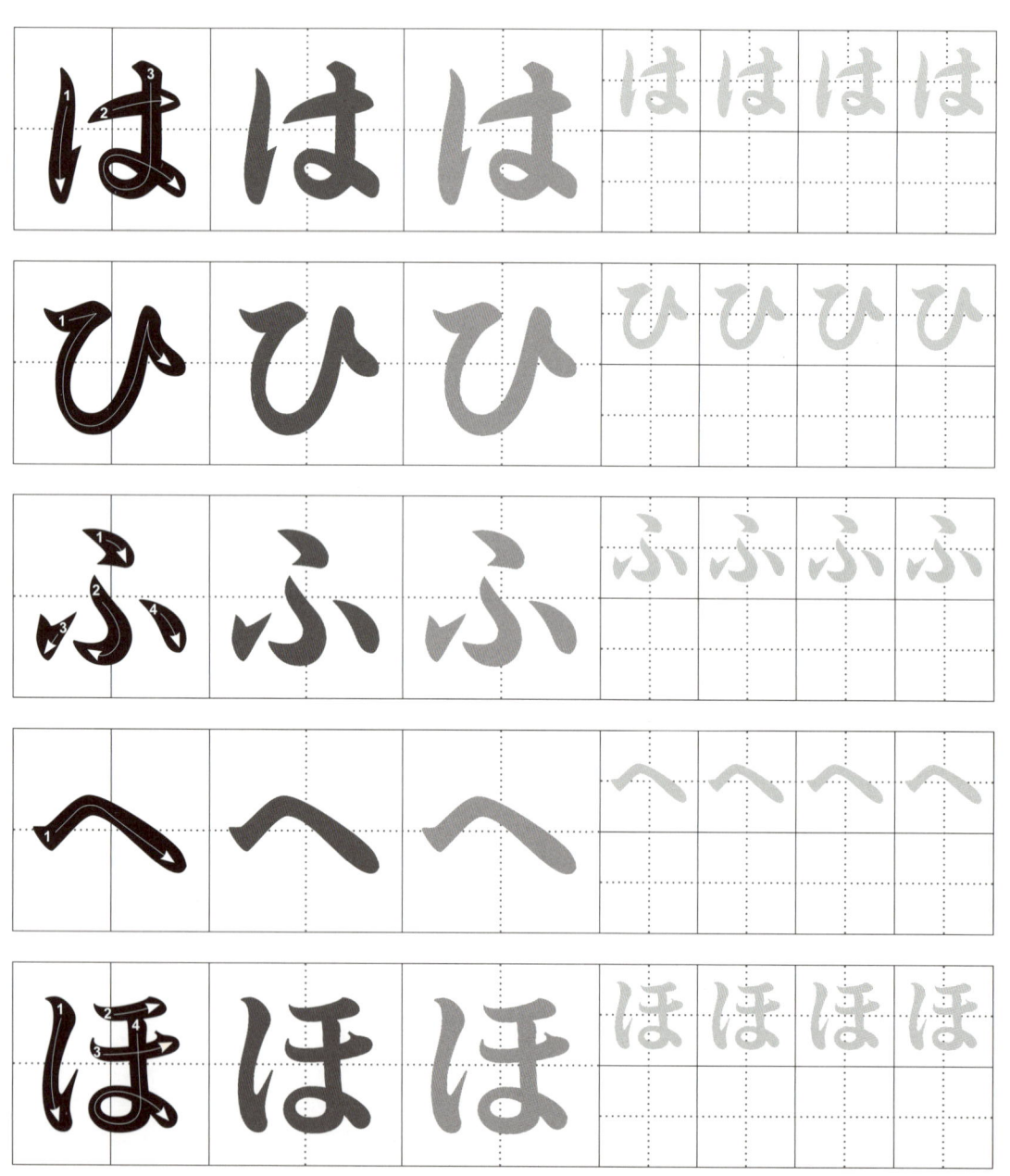

は は は　は は は は

ひ ひ ひ　ひ ひ ひ ひ

ふ ふ ふ　ふ ふ ふ ふ

へ へ へ　へ へ へ へ

ほ ほ ほ　ほ ほ ほ ほ

⚠ 小叮嚀：「へ」和注音的「ㄟ」長得很像，發音可大不相同哦！

練習7　MP3-017

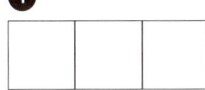

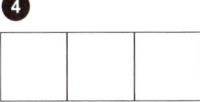

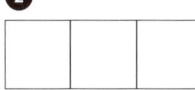

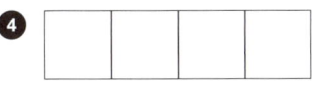

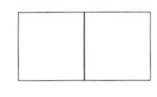

請將聽到的發音，依序填入表格中。

例 | あ | い | う

❶ ☐☐☐　❷ ☐☐☐

❸ ☐☐☐　❹ ☐☐☐　❺ ☐☐☐

練習8　MP3-018

請聽音檔，並寫下聽到的答案，然後試著讀讀看。

❶ ☐ね　骨頭 
❷ ☐し　筷子 
❸ ☐ね　船 
❹ ☐そ　肚臍 
❺ ☐と　人 
❻ ☐な　花 
❼ ☐か　其他
❽ あさ☐　朝陽
❾ ☐ち　八

練習9　MP3-019

請聽音檔，並寫下聽到的答案，然後試著讀讀看。

❶ ☐☐　星星
❷ ☐☐　（自己的）母親
❸ ☐☐☐　錢包
❹ ☐☐☐☐　信封
❺ ☐☐　皮膚
❻ ☐☐　笨拙的

應用練習

應用練習I 賓果遊戲

1. 從「あ」到「ほ」之間，依自己喜好選出25個平假名（不可重覆），並填入下面的方格之中。
2. 接著，一邊看自己所填的平假名，一邊將老師所說出的平假名圈起來。
3. 直向、橫向或斜向皆可連線，最快連成2條線的人獲勝。

應用練習2 聽聽看　MP3-020

請聽音檔，選出正確的答案，並且寫在方框中。

例　こ [え]　（有生命的）聲音　　a. う　　b.え（圈選）　　c. そ

1. ☐ そ い　　細的　　a. は　　b. ほ　　c. な

2. ☐ い こ　　太鼓　　a. た　　b. な　　c. ち

3. け い さ ☐　　警察　　a. し　　b. ひ　　c. つ

4. お か ☐　　金錢　　a. ぬ　　b. ね　　c. な

5. ☐ そ　　肚臍　　a. く　　b. へ　　c. し

應用練習3 寫寫看　MP3-021

請聽音檔，並寫下聽到的答案。

1. _____　兩個

2. _____　你

3. _____　昨天

4. _____　前天

5. _____　地下鐵

問候：聽一聽，說一說！

▶ MP3-022

失礼します。
不好意思。

そろそろ失礼します。
差不多該告辭了。

お先に失礼します。
我先告辭了。

Note

「失礼します」（不好意思）

在日本，「失礼します」是經常使用的詞語，且語意會因狀況不同而有微妙的變化。

首先，當我們進入室內時，由於自己的事情打擾到對方，造成對方的不便，所以會用「失礼します」（不好意思）做表現。

而離開時，也經常以過去式說「失礼しました」（失禮了），或是說「失礼します」（不好意思）。這是對於「自己將離開這個場合且由座位站立起來」的狀況，而表達「失禮了，我將離開這個場合」的道歉用語。諸如此類要先離開的狀況，也經常會使用「お先に失礼します」（我先告辭了）或「そろそろ失礼します」（差不多該告辭了）等用語。

第4課

平假名

清音「ま行」、「や行」、「ら行」

學習目標

①學習平假名的清音「ま行」、「や行」、「ら行」
②學習清音「ま行」、「や行」、「ら行」的相關單字
③透過聽力，學習「ま行」、「や行」、「ら行」的相關單字
④學習「臉部」的相關單字
⑤學習「表達謝意」的說法

平假名「ま行」、「や行」、「ら行」：

	あ段 a	い段 i	う段 u	え段 e	お段 o
ま行 m	ま	み	む	め	も
や行 y	や		ゆ		よ
ら行 r	ら	り	る	れ	ろ

ま行

	あ段 a	い段 i	う段 u	え段 e	お段 o
ま行 m	ま	み	む	め	も

書寫練習

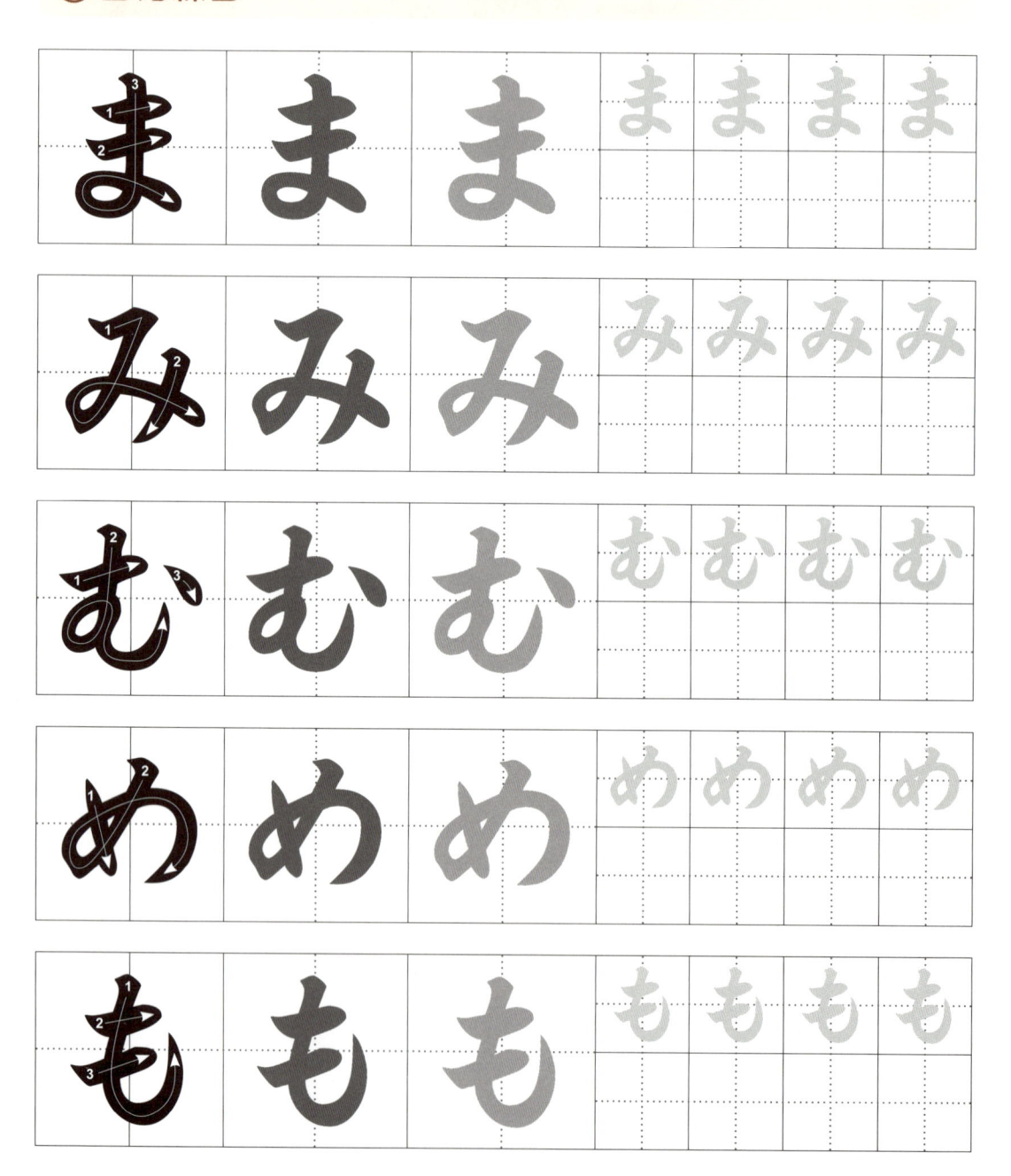

練習 1　MP3-023

請將聽到的發音，依序填入表格中。

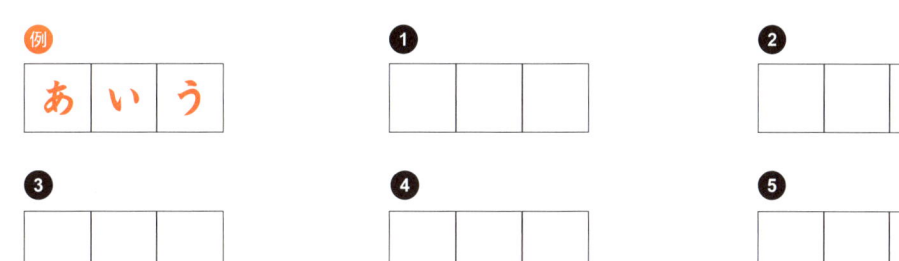

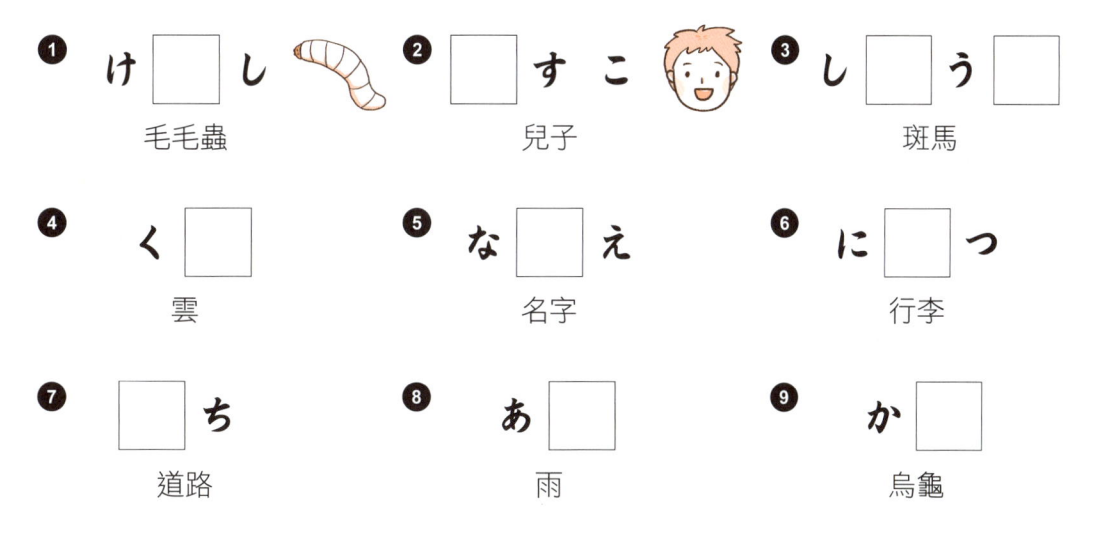

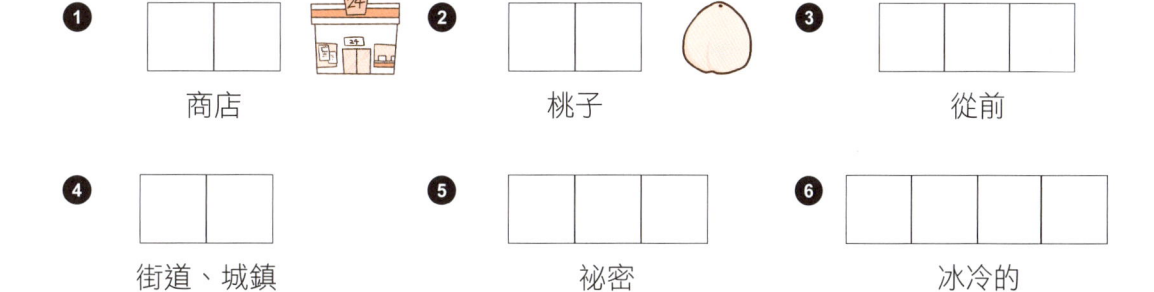

例：| あ | い | う |

❶ ☐☐☐　❷ ☐☐☐
❸ ☐☐☐　❹ ☐☐☐　❺ ☐☐☐

練習 2　MP3-024

請聽音檔，並寫下聽到的答案，然後試著讀讀看。

❶ け☐し　毛毛蟲
❷ ☐すこ　兒子
❸ し☐う☐　斑馬
❹ く☐　雲
❺ な☐え　名字
❻ に☐つ　行李
❼ ☐ち　道路
❽ あ☐　雨
❾ か☐　烏龜

練習 3　MP3-025

請聽音檔，並寫下聽到的答案，然後試著讀讀看。

❶ ☐☐　商店
❷ ☐☐　桃子
❸ ☐☐　從前
❹ ☐☐　街道、城鎮
❺ ☐☐☐　祕密
❻ ☐☐☐　冰冷的

や行

	あ段 a	い段 i	う段 u	え段 e	お段 o
や行 y	や		ゆ		よ

書寫練習

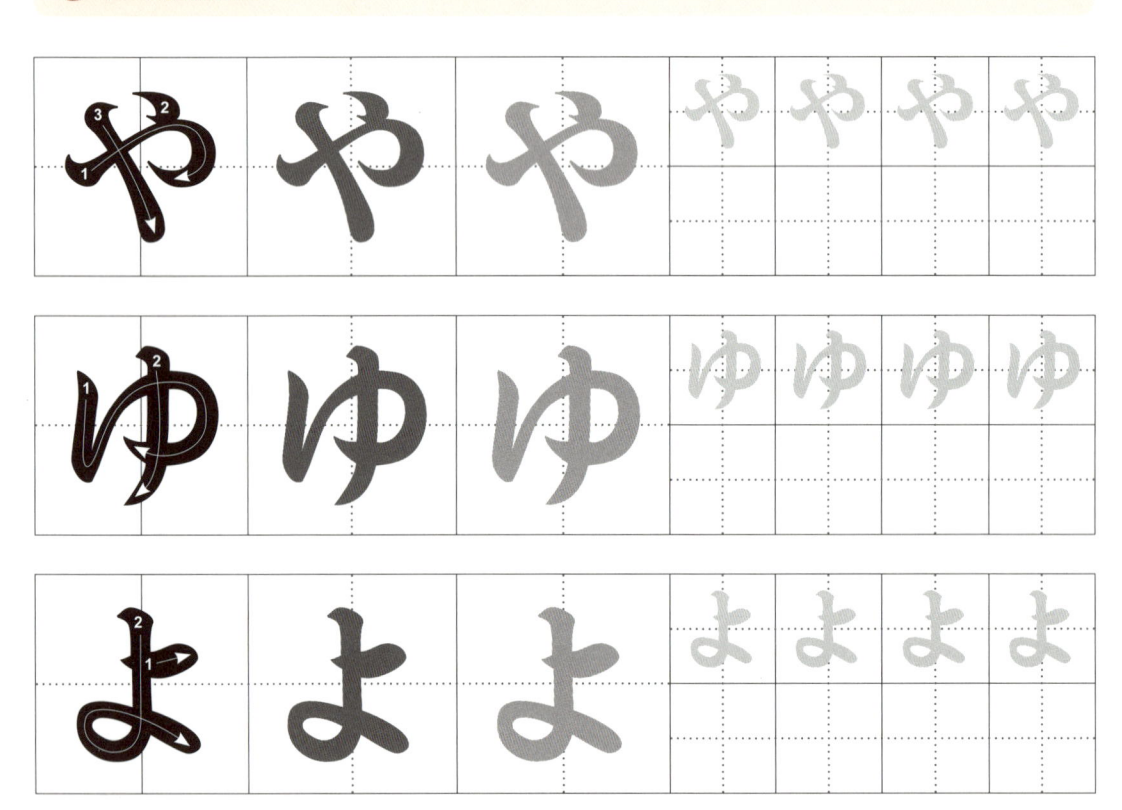

練習4 ▶ MP3-026

請將聽到的發音，依序填入表格中。

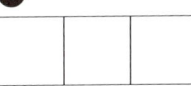

例：| あ | い | う |

① ☐☐☐　② ☐☐☐

③ ☐☐☐　④ ☐☐☐　⑤ ☐☐☐

練習5 ▶ MP3-027

請聽音檔，並寫下聽到的答案，然後試著讀讀看。

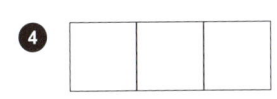

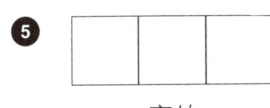

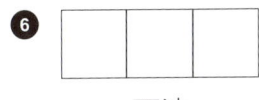

① ☐☐☐　蔬菜店

② ☐☐☐　青菜

③ ☐☐　雪

④ ☐☐☐　迷路

⑤ ☐☐☐　癢的

⑥ ☐☐☐　石油

ら行

	あ段 a	い段 i	う段 u	え段 e	お段 o
ら行 r	ら	り	る	れ	ろ

書寫練習

⚠ 小叮嚀：發音上該注意的地方

　　用羅馬拼音標示的話，「ra ri ru re ro」的子音雖然是r，但不會和英語一樣發捲舌r音，而是發成l的音，請多加小心。

練習6　MP3-028

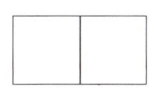

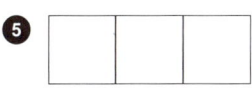

請聽音檔，並寫下聽到的答案，然後試著讀讀看。

❶  さ☐　碟子、盤子

❷  と☐　鳥

❸  み☐　看

❹ ぬ☐え　著色畫

❺ ☐す　看家、不在家

❻ ☐きし　歷史

❼ か☐い　辣的

❽ く☐い　黑色的

❾ き☐い　美麗的

練習7　MP3-029

請聽音檔，並寫下聽到的答案，然後試著讀讀看。

❶ ☐☐　松鼠

❷ ☐☐　晴天

❸ ☐☐　春天

❹ ☐☐　螞蟻

❺ ☐☐☐　暴風雨

❻ ☐☐☐　櫻花

練習8　　　▶ MP3-030

請聽音檔,並寫下1-9的單字。

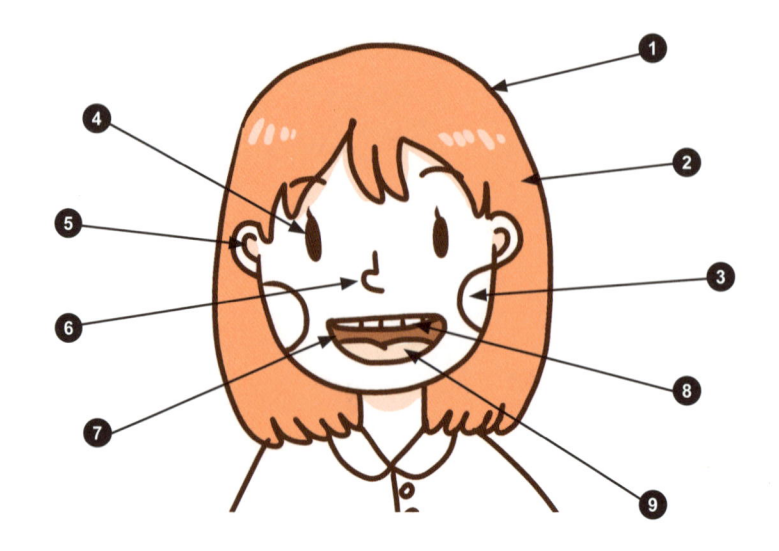

❶ _____ 頭　　❷ _____ 頭髮　　❸ _____ 臉

❹ _____ 眼睛　❺ _____ 耳朵　　❻ _____ 鼻子

❼ _____ 嘴巴　❽ _____ 牙齒　　❾ _____ 舌頭

應用練習

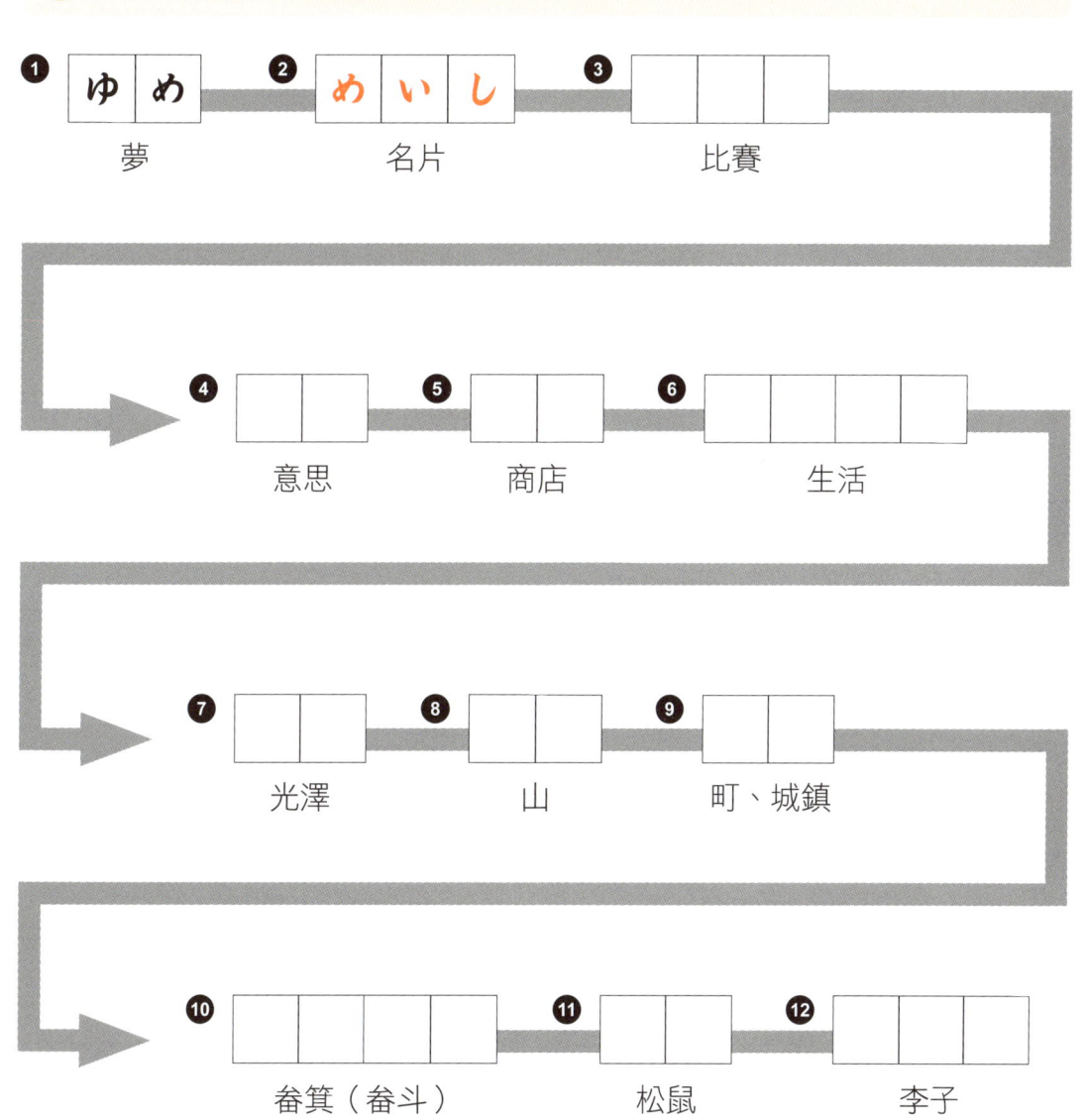

應用練習 I 接龍遊戲

1 ゆめ　**2** めいし　**3** ☐☐
夢　　　　名片　　　　比賽

4 ☐☐　**5** ☐☐　**6** ☐☐☐☐
意思　　　商店　　　　生活

7 ☐☐　**8** ☐☐　**9** ☐☐
光澤　　　山　　　　町、城鎮

10 ☐☐☐☐☐　**11** ☐☐☐　**12** ☐☐☐
畚箕（畚斗）　　　松鼠　　　　李子

應用練習2 聽聽看　MP3-031

請聽音檔，選出正確的答案，並且寫在方框中。

例　こ [え]　（有生命的）聲音　a. う　b.え (圈選)　c. そ

❶　あ [　] い　甜的　a. も　b. ま　c. ほ

❷　すき [　] き　壽喜燒　a. や　b. せ　c. よ

❸　まつ [　]　祭典　a. に　b. い　c. り

❹　[　] く　六　a. ら　b. る　c. ろ

❺　か [　]　烏龜　a. め　b. ね　c. ぬ

應用練習3 寫寫看　MP3-032

請聽音檔，並寫下聽到的答案。

❶ _____　緩慢的

❷ _____　陰天

❸ _____　生魚片

❹ _____　有名

❺ _____　請多指教

❻ _____　休息

應用練習4 比較一下

看看這些字有哪些地方不一樣？

A. 兩種書寫方式

き さ そ ふ ゆ り
き さ そ ふ ゆ り

B. 不同字體產生的差異

あいうえお　きさふりや
あいうえお　きさふりや
あいうえお　きさふりや
あいうえお　きさふりや
あいうえお　きさふりや

根據Gothic體、明朝體、Meiryo體、行書體、POP體等字體之不同，相同的平假名或片假名也會產生差異。平假名、片假名和漢字不一樣，在書寫平假名和片假名時，收筆有無鉤起、左撇或右撇等都不會造成影響。請記得它們皆為同樣的字即可。

C. 相似字

平假名

い―こ	う―え	ね―れ―わ	た―な	く―へ
き―さ	さ―ち	は―ほ―ま	し―つ	こ―に
け―に	め―ぬ	ら―る―ろ	あ―お	

　　因為さ和ち的差別只在於開口的方向相反，有可能會判別錯誤，所以記ち時順便記さ會比較好。

問候：聽一聽，說一說！

MP3-033

ありがとう（ございます）。
謝謝。

どうも。
謝謝。

いいえ、どういたしまして。
不客氣。

すみません。
謝謝。

Note

「どういたしまして」（不客氣）

「ありがとう」（謝謝）、「どうも」（謝謝）、「すみません」（不好意思）這3個詞，是用來表達「感謝之意」。

比「ありがとう」更有禮貌的說法是「ありがとうございます」（謝謝），相對的，比較簡單的說法就是「どうも」（謝謝，程度比「ありがとう」低一些）。

「すみません」不論從哪一方面來說都是「賠罪、道歉」的用語，但是作為「ありがとう」的反面詞，「すみません」也經常被使用。順道一提，口語中經常會說成「すいません」。

此外，要回應對方的感謝時，可以回答「どういたしまして」（不客氣）。

第 5 課

平假名

清音「わ・を・ん」
長音、撥音、促音

學習目標

①學習平假名的清音「わ・を・ん」
②學習清音「わ・を・ん」的相關單字
③學習「長音」、「撥音」的規則
④學習「促音」的書寫方法及發音規則
⑤學習「家族」的相關單字
⑥學習「祝福用語」及「肯定與否定」用語

平假名「わ・を・ん」：

	あ段 a	い段 i	う段 u	え段 e	お段 o
わ行 w	わ				を
	ん（n）				

わ・を・ん

	あ段 a	い段 i	う段 u	え段 e	お段 o
わ行 w	わ				を
	ん（n）				

書寫練習

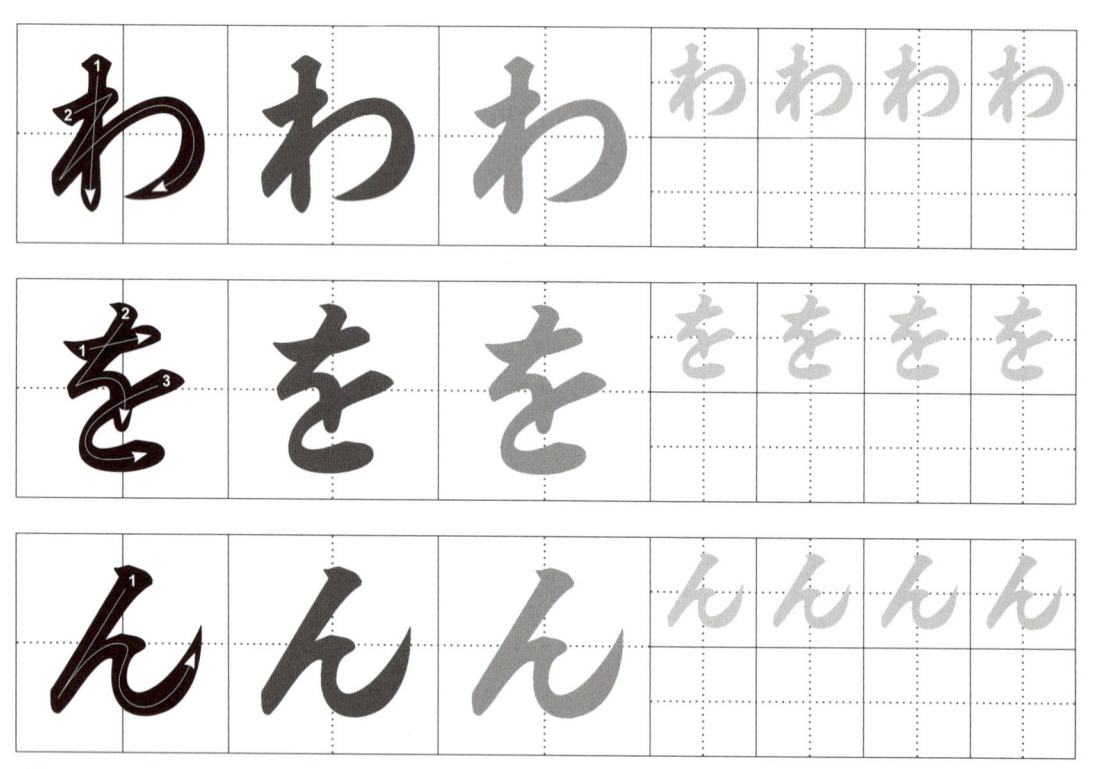

⚠ 小叮嚀：「を」和「お」

1. 「を」與「お」發音相同，但「を」僅作為助詞使用，因此不會出現於單字中，單字裡出現的「o」只會使用「お」。有關「を」的相關文法將於後續詳細說明，在此省略。

    例：ごはん を 食べます。吃飯。
    　　空 を 飛びます。在空中飛翔。

2. 「ん」的羅馬拼音雖然是「n」，但不可直接發成英語的「n」音。

練習1　MP3-034

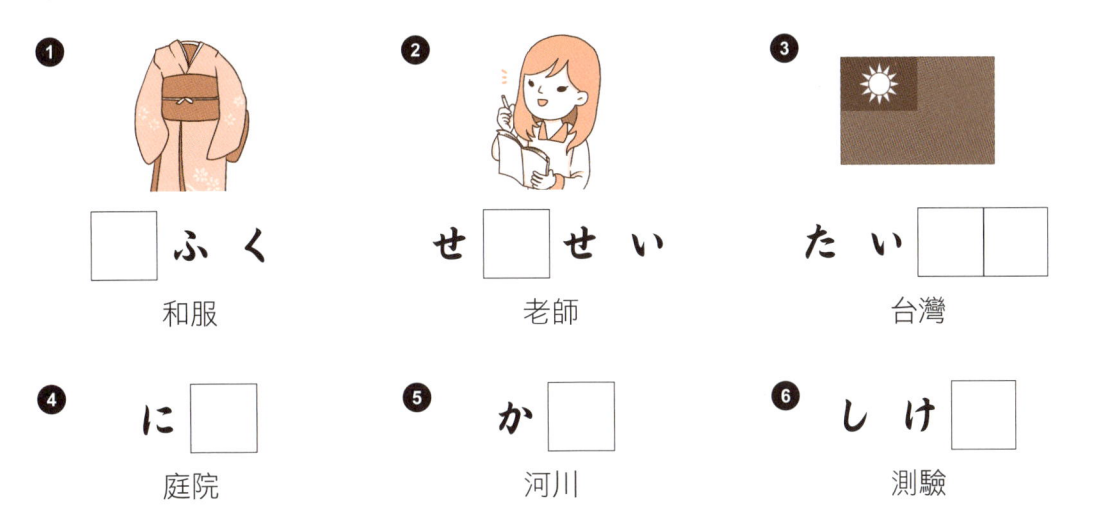

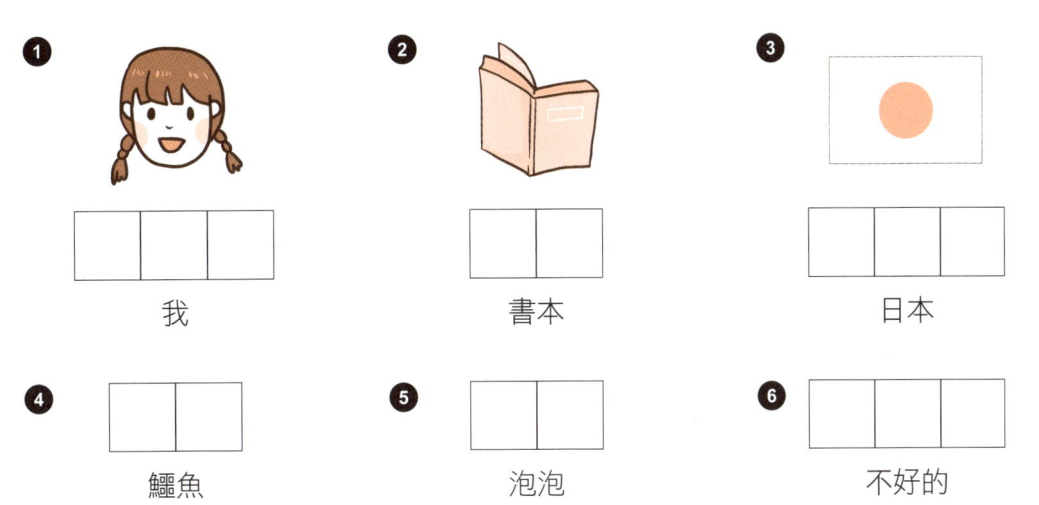

請聽音檔,並寫下聽到的答案,然後試著讀讀看。

1. ☐ふく　和服
2. せ☐せい　老師
3. たい☐☐　台灣
4. に☐　庭院
5. か☐　河川
6. しけ☐　測驗

練習2　MP3-035

請聽音檔,並寫下聽到的答案,然後試著讀讀看。

1. ☐☐☐　我
2. ☐☐　書本
3. ☐☐☐　日本
4. ☐☐　鱷魚
5. ☐☐　泡泡
6. ☐☐☐　不好的

練習3 ▶ MP3-036

請聽音檔，並寫下聽到的答案。

1 _____
　　　　　　結束

2 _____
　　　　　　可愛的

3 _____
　　　　　　了解

4 _____
　　　　　　新幹線

特殊拍──長音

長音的規則　MP3-037

規則	發音	例
あ段＋あ	aa	さあ・やあ・まあ
い段＋い	ii	にい・しい・みい
う段＋う	uu	つう・ゆう・ふう
え段＋え・い	ee	ねえ・せえ / ねい・せい
お段＋お・う	oo	こお・ほお / こう・ほう

例：

あ段　おかあさん　　お母さん（媽媽）
　　　　o k a a sa n

い段　ちいさい　　小さい（小的）
　　　　ch i i sa i

う段　ふうせん　　風船（氣球）
　　　　f u u se n

え段　おねえさん　　お姉さん（姊姊）
　　　　o n e e sa n

　　　　せんせい　　先生（老師）
　　　　se n s e i

お段　こおり　　氷（冰）
　　　　k o o ri

　　　　ひこうき　　飛行機（飛機）
　　　　hi k o u ki

第5課

— 55 —

練習4　MP3-038

請聽音檔，並選出正確的答案。

① a. おい　外甥　　b. おおい　多的　　　② a. ここ　這裡　　b. こうこう　高中

③ a. い　胃　　　　b. いい　好的　　　　④ a. おかみ　老闆娘　b. おおかみ　狼

⑤ a. せと　瀨戶　　b. せいと　學生　　　⑥ a. え　畫　　　　b. ええ　是的

⑦ a. なに　什麼　　b. なあに　什麼　　　⑧ a. とき　時間　　b. とうき　陶器

⑨ a. てき　敵人　　b. ていき　定期　　　⑩ a. くき　莖　　　b. くうき　空氣

練習5　MP3-039

請唸看看每個單字，找到它的長音點，並且在底下畫線。

例　<u>おお</u>きい　大的

① とけい　時鐘　　　　　　② ゆうき　勇氣

③ かわいい　可愛的　　　　④ さんすう　算數

⑤ めいし　名片　　　　　　⑥ とおい　遠的

⑦ きいろ　黃色　　　　　　⑧ くうき　空氣

⑨ こうこう　高中　　　　　⑩ おいしい　好吃的

特殊拍——撥音

「ん」不作為語頭使用，且須單獨發音。

練習6　MP3-040

跟著音檔讀讀看！

1. さん　　三（三）
2. ちん　　陳（陳）
3. きん　　金（金）
4. ふとん　布団（墊被）
5. よんこ　四個（四個）
6. かんこく　韓国（韓國）
7. たいへん　大変（非常）

練習7　MP3-041

請聽音檔，並寫下聽到的答案，然後試著讀讀看。

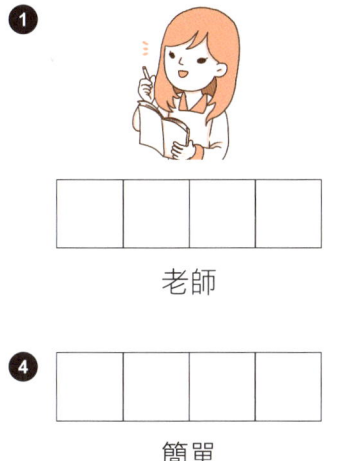

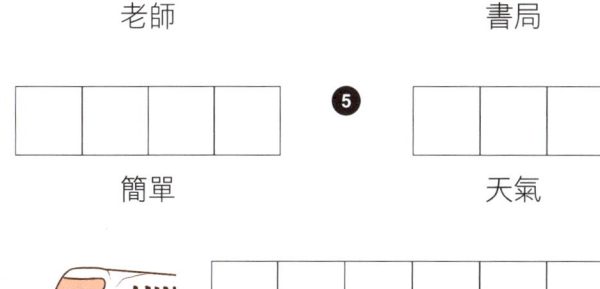

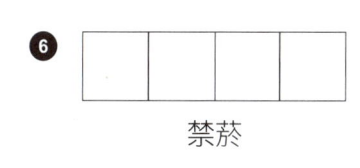

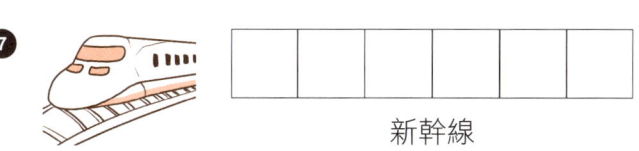

1. 老師
2. 書局
3. 真的
4. 簡單
5. 天氣
6. 禁菸
7. 新幹線

特殊拍──促音

促音是把大「つ」寫成小「っ」，但不發音。發促音時，要停止一拍，並準備下一個發音。

練習8　MP3-042

跟著音檔讀讀看！

❶ きって	切手（郵票）	❷ せっけん	石鹼（肥皂）
❸ けっこん	結婚（結婚）	❹ かっこ	括弧（括弧）
❺ ゆっくり	（慢）	❻ はっせん	八千（八千）
❼ おっと	夫（丈夫）	❽ さっか	作家（作家）
❾ いっかい	一回（一次）	❿ きっさてん	喫茶店（咖啡廳）

練習9　MP3-043

請聽音檔，並寫下聽到的答案，然後試著讀讀看。

❶ a. きて	來	b. きって	郵票
❷ a. ねこ	貓	b. ねっこ	植物的根
❸ a. さか	斜坡	b. さっか	作家
❹ a. にき	二屆	b. にっき	日記
❺ a. せけん	社會	b. せっけん	肥皂
❻ a. まて	等！〔命令形〕	b. まって	等待

應用練習

應用練習1 家族樹　　MP3-044

跟著音檔讀讀看！

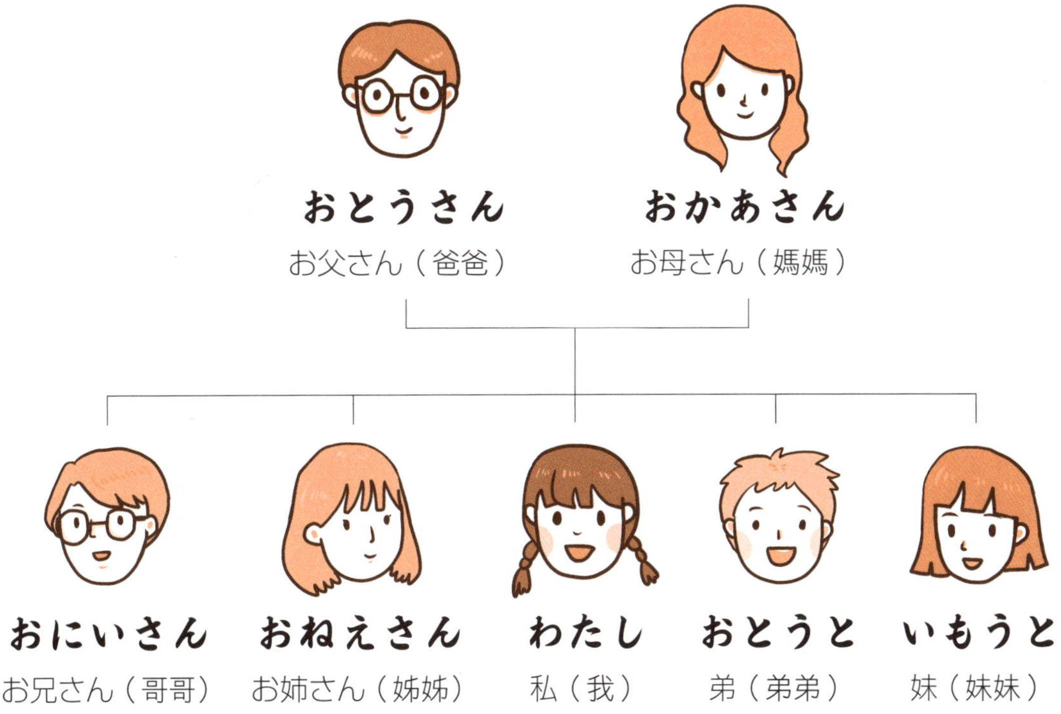

おとうさん
お父さん（爸爸）

おかあさん
お母さん（媽媽）

おにいさん
お兄さん（哥哥）

おねえさん
お姉さん（姊姊）

わたし
私（我）

おとうと
弟（弟弟）

いもうと
妹（妹妹）

應用練習2 聽聽看有沒有「撥音」　　MP3-045

請聽音檔，並選出正確的答案。

① a. か　　蚊子　　b. かん　　罐

② a. ほ　　穗　　　b. ほん　　書

③ a. かば　河馬　　b. かばん　提包

④ a. にほ　二步　　b. にほん　日本

⑤ a. みな　大家　　b. みんな　大家

應用練習3 聽聽看有沒有「促音」　▶ MP3-046

請聽音檔，並在適當的方框中寫入「っ」，不用寫的在方框中打「×」。（每題不限只有一個「っ」。）

例　せ[っ]け[×]ん　　肥皂　→ ＿＿せっけん＿＿

❶　き[　]さ[　]て[　]ん　　咖啡廳　→ ＿＿＿＿＿＿

❷　あ[　]た[　]か[　]い　　溫暖　→ ＿＿＿＿＿＿

❸　と[　]と[　]り[　]け[　]ん　　鳥取縣　→ ＿＿＿＿＿＿

❹　け[　]こ[　]ん[　]し[　]き　　婚禮　→ ＿＿＿＿＿＿

❺　あ[　]ち[　]こ[　]ち　　這裡那裡（到處）　→ ＿＿＿＿＿＿

❻　さ[　]さ[　]と[　]か[　]え[　]た

三兩下，趕快回家了 → ＿＿＿＿＿＿

應用練習4 聽聽看 ▶ MP3-047

請聽音檔，選出正確的答案，並且寫在方框中。

例　こ [え] 　（有生命的）聲音　　a. う　　b. え　　c. そ

1. あ [　] 　泡泡　　a. れ　　b. わ　　c. ね
2. ま [　] ち 　火柴　　a. つ　　b. っ　　c. ん
3. こ [　] し 　講師　　a. う　　b. っ　　c. ん
4. [　] か め 　海帶　　a. れ　　b. わ　　c. ね
5. よ [　] 　四　　a. え　　b. く　　c. ん

問候：聽一聽，說一說！

MP3-048

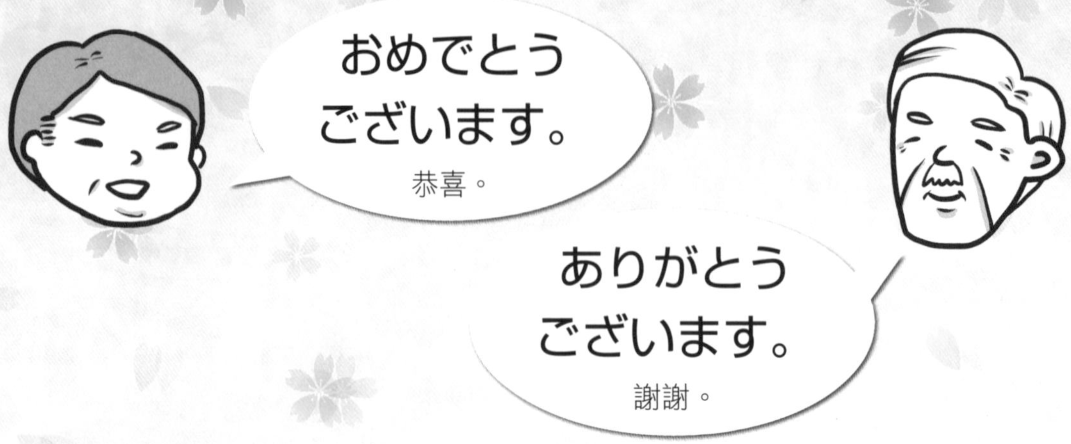

おめでとう ございます。
恭喜。

ありがとう ございます。
謝謝。

はい。
是。

いいえ。
不是。

Note

「～ございます」（禮貌的表現）

「おめでとう」（恭喜）、「ありがとう」（謝謝）之後加上「ございます」是禮貌的表現。

おめでとう→おめでとうございます

ありがとう→ありがとうございます

表達肯定時除了「はい」（是的）以外，口語上也有「ええ」（嗯）的用法。

此外，「おめで<u>とう</u>」、「ありが<u>とう</u>」、「<u>いいえ</u>」（不是）底線部分的發音為長音。

第 6 課

平假名
濁音「が行」、「ざ行」、「だ行」

學習目標

①學習平假名的濁音「が行」、「ざ行」、「だ行」
②學習濁音「が行」、「ざ行」、「だ行」的相關單字
③學習「清音」和「濁音」的差別
④學習使用濁音的「擬態語」和「擬聲語」
⑤學習「吃飯」時所使用的單字

平假名「が行」、「ざ行」、「だ行」： ▶ MP3-049

	あ段 a	い段 i	う段 u	え段 e	お段 o
が行 g	が	ぎ	ぐ	げ	ご
ざ行 z	ざ	じ	ず	ぜ	ぞ
だ行 d	だ	ぢ	づ	で	ど

が行

	あ段 a	い段 i	う段 u	え段 e	お段 o
が行 g	が	ぎ	ぐ	げ	ご

書寫練習

練習1　MP3-050

請將聽到的發音，依序填入表格中。

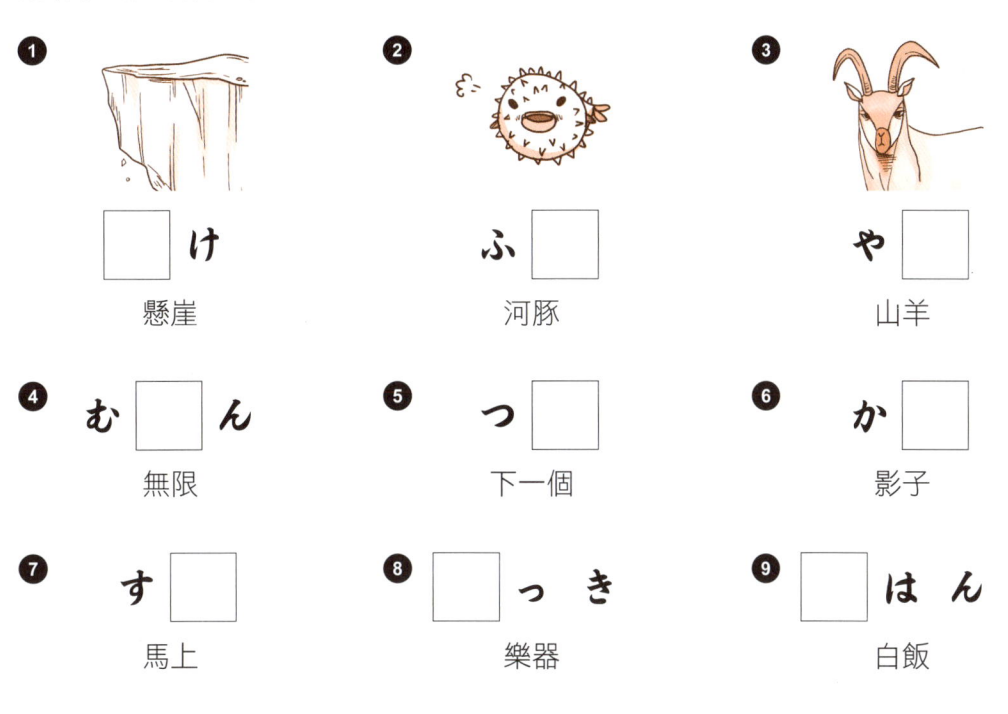

1 ☐け　懸崖

2 ふ☐　河豚

3 や☐　山羊

4 む☐ん　無限

5 つ☐　下一個

6 か☐　影子

7 す☐　馬上

8 ☐っき　樂器

9 ☐はん　白飯

練習2　MP3-051

請聽音檔，並寫下聽到的答案，然後試著讀讀看。

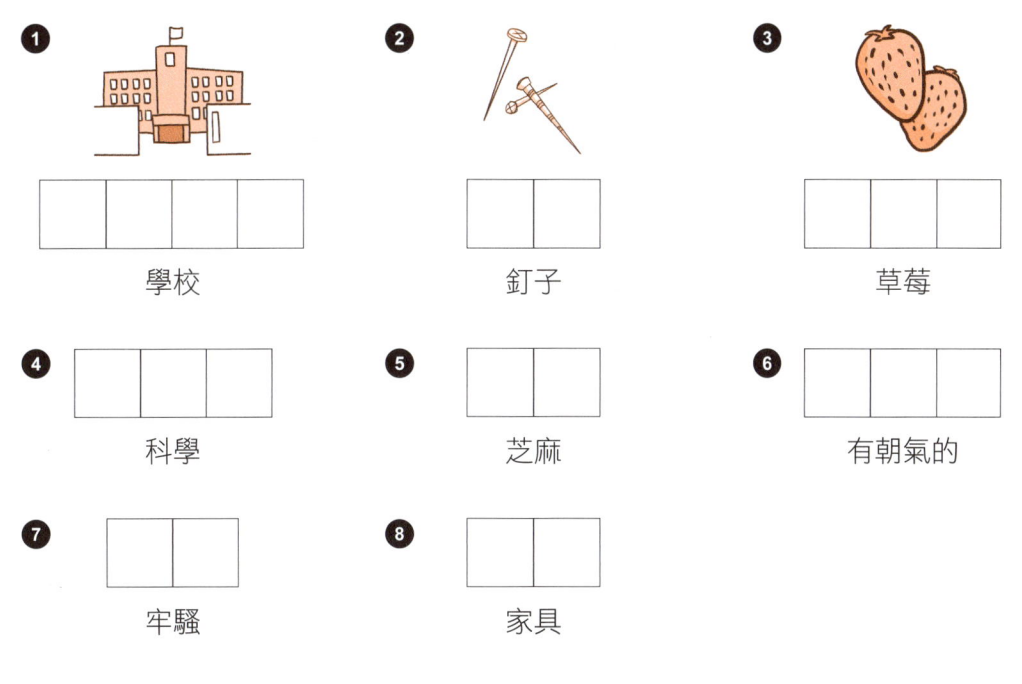

1 ☐☐☐☐　學校

2 ☐☐　釘子

3 ☐☐☐　草莓

4 ☐☐☐　科學

5 ☐☐　芝麻

6 ☐☐　有朝氣的

7 ☐☐　牢騷

8 ☐☐　家具

ざ行

	あ段 a	い段 i	う段 u	え段 e	お段 o
ざ行 z	ざ	じ (ji)	ず	ぜ	ぞ

書寫練習

ざ ざ ざ ざ ざ ざ ざ

じ じ じ じ じ じ じ

ず ず ず ず ず ず ず

ぜ ぜ ぜ ぜ ぜ ぜ ぜ

ぞ ぞ ぞ ぞ ぞ ぞ ぞ

練習3　MP3-052

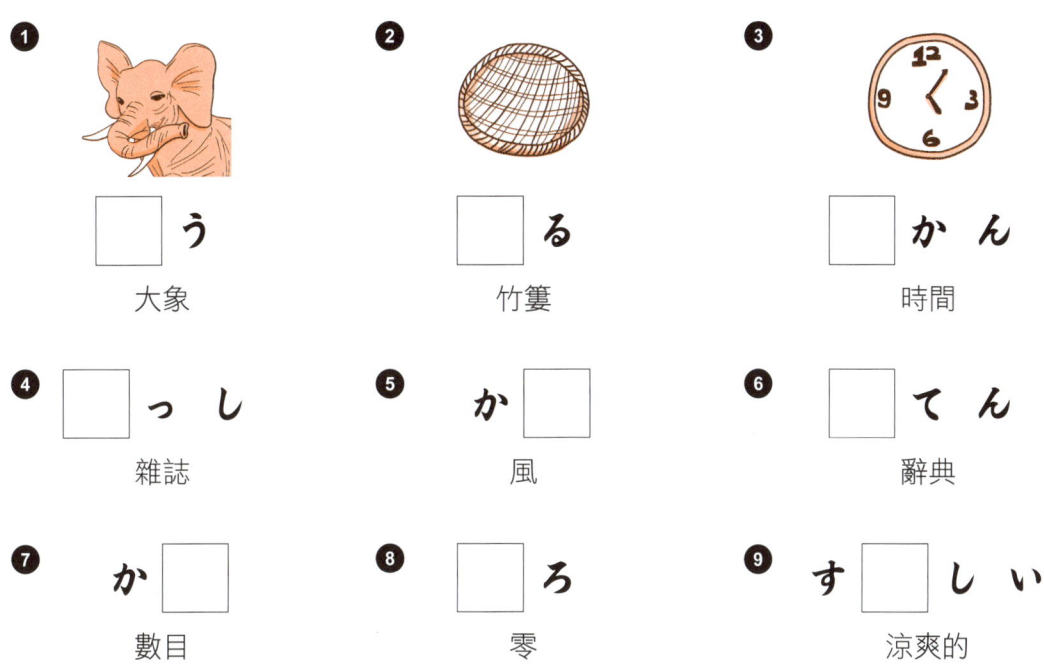

請聽音檔，並寫下聽到的答案，然後試著讀讀看。

❶ □う　大象

❷ □る　竹簍

❸ □かん　時間

❹ □っし　雜誌

❺ か□　風

❻ □てん　辭典

❼ か□　數目

❽ □ろ　零

❾ す□しい　涼爽的

練習4　MP3-053

請聽音檔，並寫下聽到的答案，然後試著讀讀看。

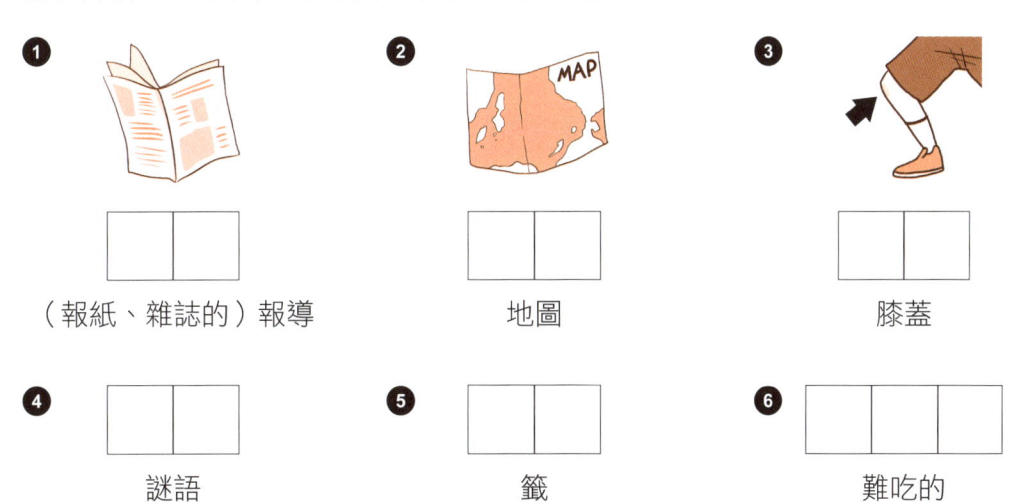

❶ □□　（報紙、雜誌的）報導

❷ □□　地圖

❸ □□　膝蓋

❹ □□　謎語

❺ □□　籤

❻ □□□　難吃的

だ行

	あ段 a	い段 i	う段 u	え段 e	お段 o
だ行 d	だ	ぢ (ji)	づ (zu)	で	ど

書寫練習

だ だ だ だ だ だ だ

ぢ ぢ ぢ ぢ ぢ ぢ ぢ

づ づ づ づ づ づ づ

で で で で で で で

ど ど ど ど ど ど ど

⚠️ 小叮嚀：發音相同的字

1. 「じ」和「ぢ」發音相同，但「ぢ」幾乎不會用到，所以遇到「ji」時，用「じ」會比較適合。
2. 「ず」和「づ」發音相同，但也都常被使用，硬要說的話，「ず」會比較常用。

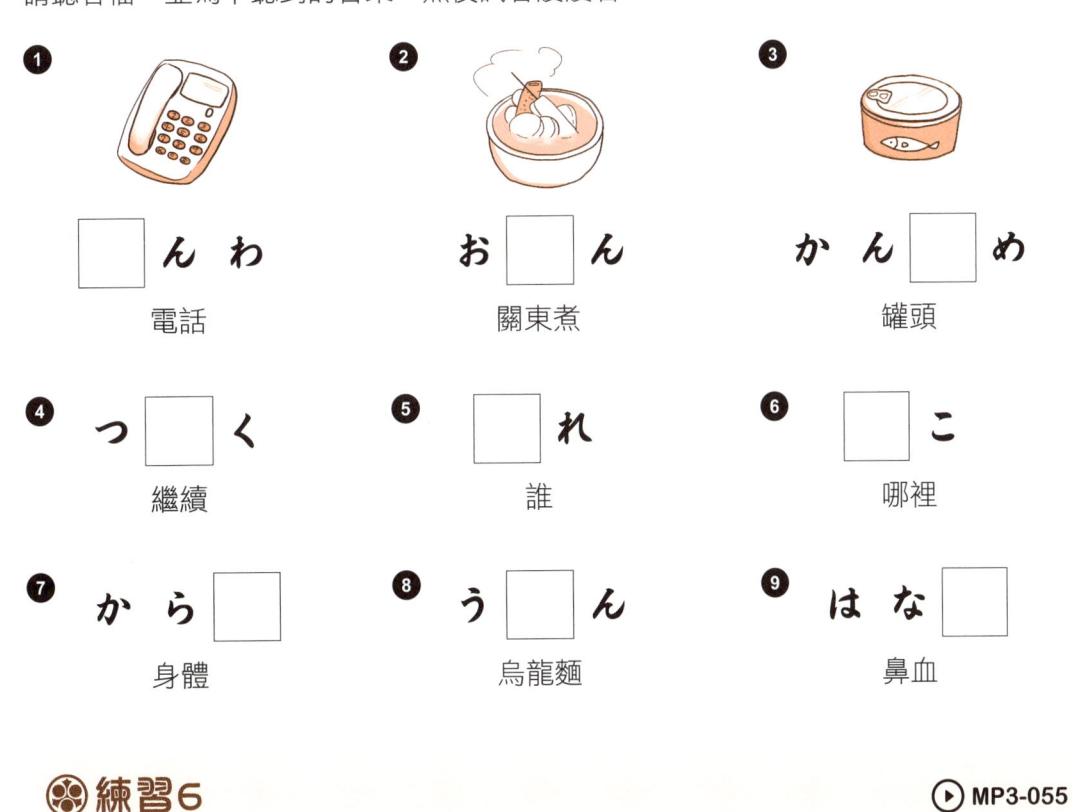

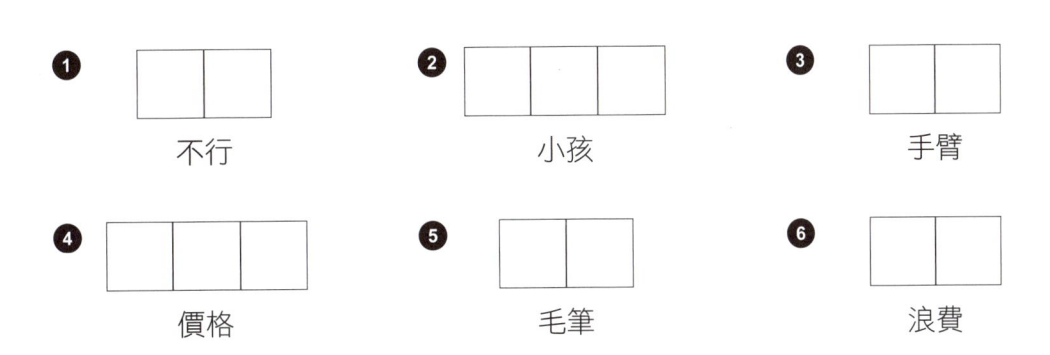

練習5　MP3-054

請聽音檔，並寫下聽到的答案，然後試著讀讀看。

① ☐んわ　電話

② お☐ん　關東煮

③ かん☐め　罐頭

④ つ☐く　繼續

⑤ ☐れ　誰

⑥ ☐こ　哪裡

⑦ から☐　身體

⑧ う☐ん　烏龍麵

⑨ はな☐　鼻血

練習6　MP3-055

請聽音檔，並寫下聽到的答案，然後試著讀讀看。

① ☐☐ 不行

② ☐☐ 小孩

③ ☐☐ 手臂

④ ☐☐ 價格

⑤ ☐☐ 毛筆

⑥ ☐☐ 浪費

應用練習

應用練習1 一起繞口令吧！　　MP3-056

請聽音檔，把聽到的字寫入方格中，然後試著讀讀看。

❶ なまむ□　なま□め　なまたま□
生麥、生米、生蛋

❷ このく□は　ひきぬきにくい　く□□
這個釘子是一個很難拔起的釘子

❸ あおまき□み　あかまき□み　きまき□み
藍色捲紙、紅色捲紙、黃色捲紙

應用練習2 聽聽看有沒有「濁音」　　MP3-057

請聽音檔，並選出正確的答案。

❶ a. てんき　天気（天氣）　　b. でんき　電気（電燈）
❷ a. いと　糸（線）　　b. いど　井戸（井）
❸ a. たんす　箪笥（衣櫥）　　b. だんす　ダンス（舞蹈）
❹ a. さる　猿（猿猴）　　b. ざる　笊（竹簍）
❺ a. すすめ　進め（前進）　　b. すずめ　雀（麻雀）
❻ a. くし　櫛（梳子）　　b. くじ　籤（籤）
❼ a. からす　鴉（烏鴉）　　b. がらす　ガラス（玻璃）
❽ a. かき　柿（柿子）　　b. かぎ　鍵（鑰匙）
❾ a. こま　駒（日本將棋五角形的棋子）　　b. ごま　胡麻（芝麻）
❿ a. くらす　クラス（班級）　　b. ぐらす　グラス（玻璃杯）

應用練習3 ぞうさん　大象　　MP3-058

請聽音檔中的歌曲，並把聽到的字寫入到方格中。

❶ □うさん　□うさん

　おはな□　な□いのね

　そうよ　かあさんも　な□いのよ

❷ □うさん　□うさん

　□あれ□　すきなの

　あのね　かあさん□　すきなのよ

1. 大象　大象
   你的鼻子　好長喔
   對呀　媽媽的鼻子　也是那麼長呀
2. 大象　大象
   你最喜歡　誰呢？
   這個嘛　我最喜歡的是　媽媽

生詞

1. ぞうさん　象さん　　名　大象　（さん：附在動物名之後，表親愛之意。）
2. はな　　　鼻　　　　名　鼻子
3. ながい　　長い　　　い形　長的
4. かあさん　母さん　　名　媽媽
5. だあれ　　　　　　　疑　誰（「誰」的口語體）
6. すき　　　好き　　　な形　喜歡
7. あのね　　　　　　　感嘆　這個嘛

— 71 —

第6課

問候：聽一聽，說一說！

▶ MP3-059

いただきます。
開動。

ごちそうさま（でした）。
多謝款待。

Note

「いただきます」（開動）

「いただきます」中文的意思是「開動」，「ごちそうさまでした」中文的意思是「多謝款待」，這些詞句的由來，是因為日本人覺得食物是大自然給予人類的恩惠，所以心存感恩，也是一種向食物表示我們虔誠心意的招呼用語。

第 7 課

平假名
濁音「ば行」、半濁音「ぱ行」

學習目標

①學習平假名的濁音「ば行」和半濁音「ぱ行」
②學習濁音「ば行」和半濁音「ぱ行」的相關單字
③學習「清音」、「濁音」、「半濁音」的差別
④學習「和朋友、家人、同學打招呼」的用語

濁音「ば行」、半濁音「ぱ行」： ▶ MP3-060

	あ段 a	い段 i	う段 u	え段 e	お段 o
ば行 b	ば	び	ぶ	べ	ぼ
ぱ行 p	ぱ	ぴ	ぷ	ぺ	ぽ

ば行

	あ段 a	い段 i	う段 u	え段 e	お段 o
ば行 b	ば	び	ぶ	べ	ぼ

書寫練習

ば ば ば ば ば ば ば

び び び び び び び

ぶ ぶ ぶ ぶ ぶ ぶ ぶ

べ べ べ べ べ べ べ

ぼ ぼ ぼ ぼ ぼ ぼ ぼ

練習1

請聽音檔,並寫下聽到的答案,然後試著讀讀看。

❶  そ□　祖母
❷  □どう　葡萄
❸  か□き　歌舞伎
❹ □し　武士
❺ へ□　蛇
❻ はな□　煙火
❼ か□　牆壁
❽ き□う　希望
❾ お□　(自己的)姑媽、阿姨

練習2

請聽音檔,並寫下聽到的答案,然後試著讀讀看。

❶ た□こ　香菸
❷ しん□ん　報紙
❸ □た　豬
❹ か□ん　包包
❺ あ□ら　油
❻ □つ　懲罰
❼ お□んとう　便當
❽ □うし　帽子

ぱ行

	あ段 a	い段 i	う段 u	え段 e	お段 o
ぱ行 p	ぱ	ぴ	ぷ	ぺ	ぽ

書寫練習

ぱ ぱ ぱ ぱ ぱ ぱ ぱ

ぴ ぴ ぴ ぴ ぴ ぴ ぴ

ぷ ぷ ぷ ぷ ぷ ぷ ぷ

ぺ ぺ ぺ ぺ ぺ ぺ ぺ

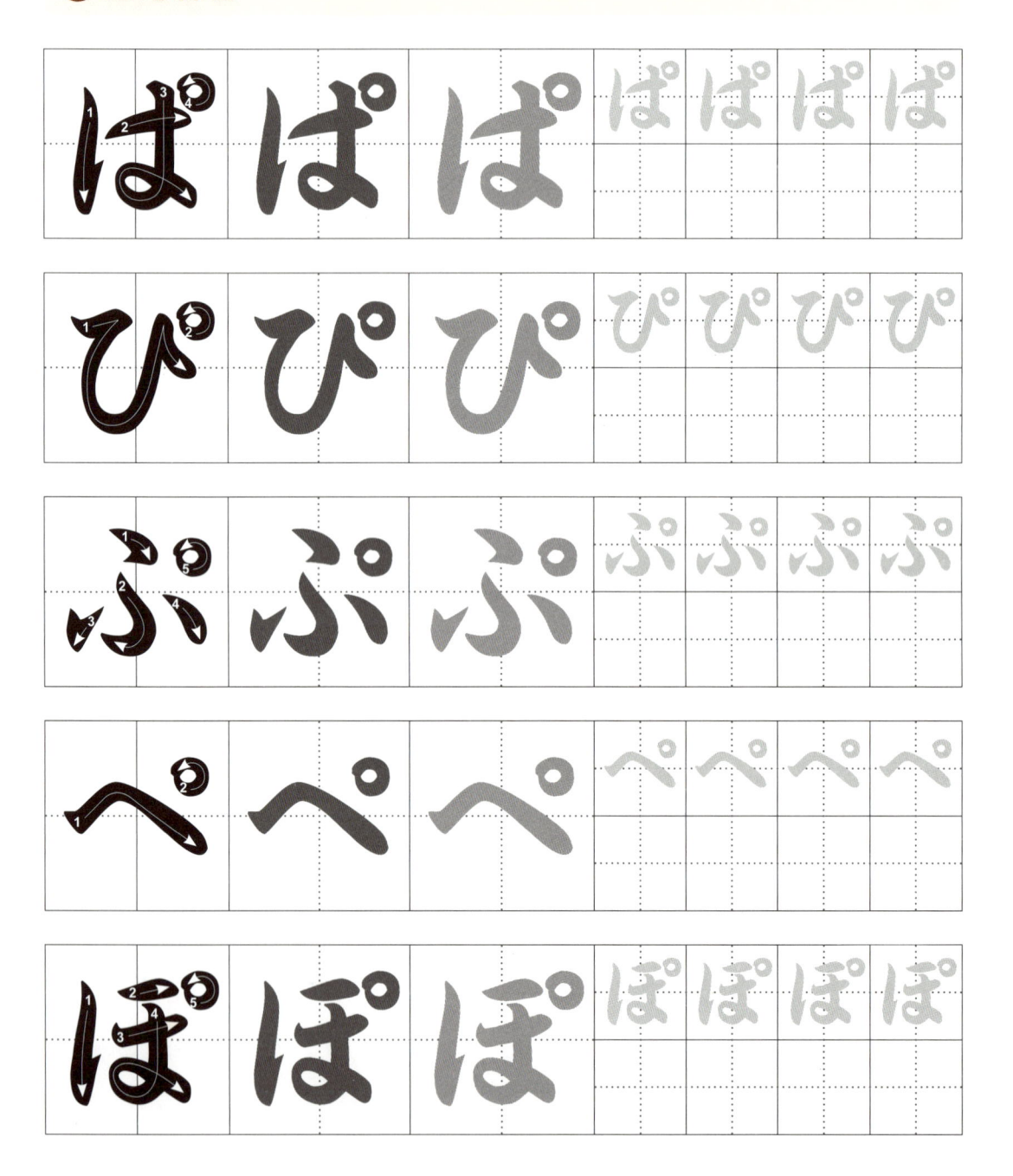

ぽ ぽ ぽ ぽ ぽ ぽ ぽ

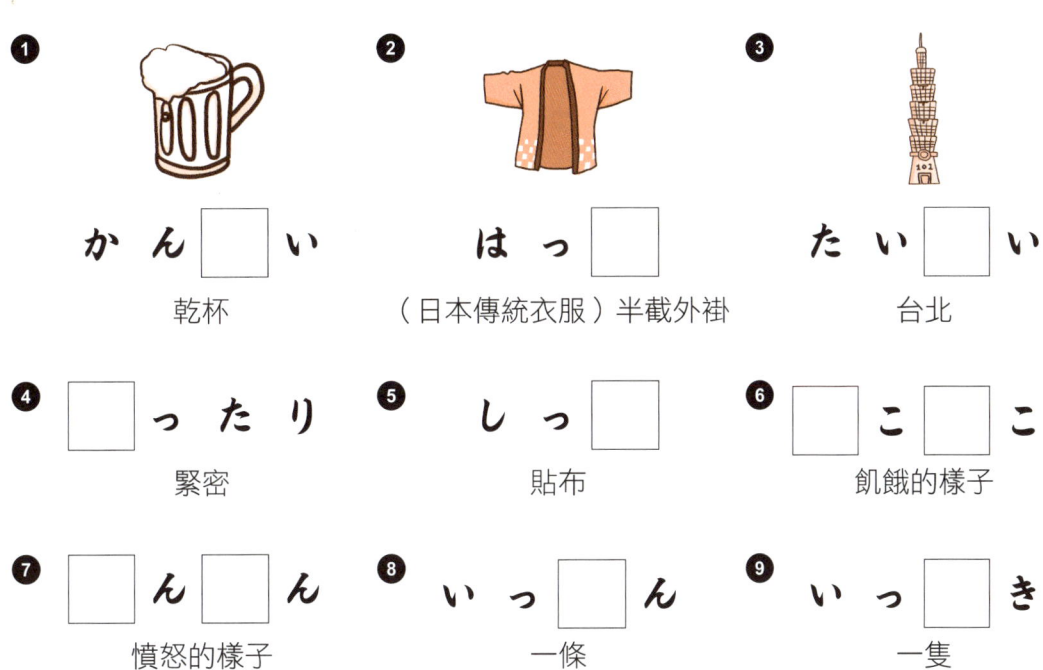

練習3

請聽音檔,並寫下聽到的答案,然後試著讀讀看。

① かん□い　乾杯

② はっ□　（日本傳統衣服）半截外褂

③ たい□い　台北

④ □ったり　緊密

⑤ しっ□　貼布

⑥ □こ□こ　飢餓的樣子

⑦ □ん□ん　憤怒的樣子

⑧ いっ□ん　一條

⑨ いっ□き　一隻

練習4

請聽音檔,並寫下聽到的答案,然後試著讀讀看。

① さん□　散步

② □んつ　褲子

③ かっ□　河童

④ きっ□　票券

⑤ てん□ら　天婦羅

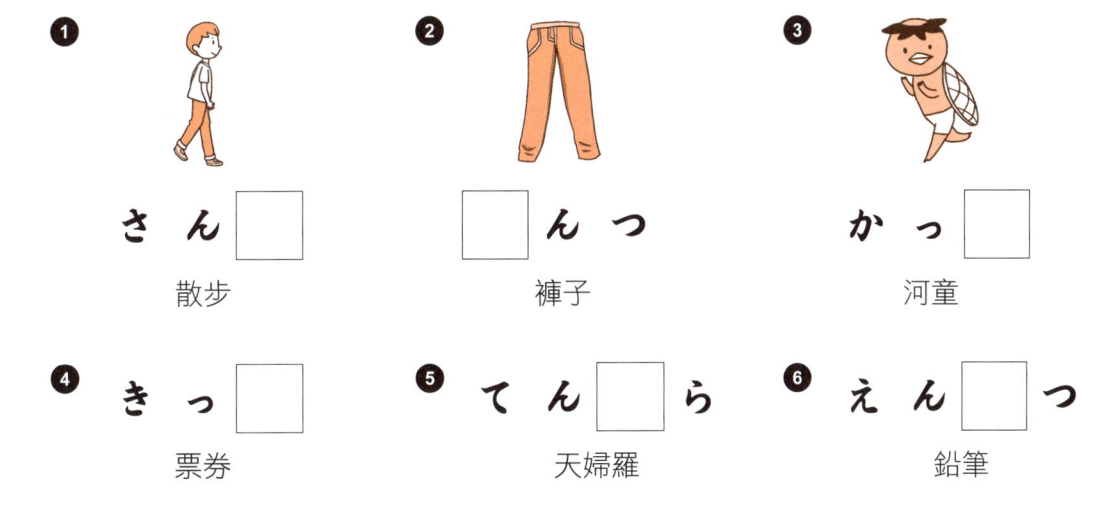

⑥ えん□つ　鉛筆

練習5 一起繞口令吧！　MP3-065

❶ **あめが　ぱらぱら　ぱっぱぱぱ**
雨啪啦啪啦地下，啪啪啪啪

❷ **ほしが　ぴかぴか　ぴっかぴか**
星星一閃一閃亮晶晶，一閃一閃

❸ **ぷりんが　ぷりぷり　ぷりんぷりん**
布丁ㄉㄞㄉㄞㄉㄞ地搖，布丁布丁

❹ **おなかが　ぺこぺこ　ぺっこぺこ**
肚子咕嚕咕嚕地叫，咕嚕咕嚕

❺ **はとが　ぽっぽ　はと　ぽっぽ**
鴿子咕咕地叫，鴿子咕咕

生詞

1. あめ	名	雨
2. ぱらぱら	副	淅淅瀝瀝（下雨）、沙沙地（風吹），狀聲詞
3. ほし	名	星星
4. ぴかぴか	副	閃閃發光
5. ぷりん	名	布丁
6. ぷりぷり	副	食物等東西非常有彈性的樣子
7. おなか	名	肚子
8. ぺこぺこ	副	肚子非常餓，狀聲詞
9. はと	名	鴿子
10. ぽっぽ	副	鴿子的幼兒語

應用練習

應用練習1 清音→濁音→半濁音　MP3-066

請聽音檔，練習將清音變濁音、再變成半濁音，一邊寫一邊試著讀讀看吧！

清音	濁音	半濁音
例 はらはら 東西落下的模樣、緊張的樣子	ばらばら 零零散散的樣子	ぱらぱら 形容小雨或粒狀物嘩啦嘩啦地掉下
❶ ひりひり 形容皮膚刺痛、舌頭麻辣狀	□り□り 麻酥酥，如電擊、撕紙聲	□り□り 形容刺痛，如麻辣感、吹哨聲
❷ ふかふか （衣服等）很柔軟蓬鬆的樣子	□か□か 衣服或帽子等不合身而很寬大的樣子	□か□か 輕的東西在水面上漂浮的樣子
❸ へらへら 廢話連篇、不正經的、嬉皮笑臉的樣子	□ら□ら 形容滔滔不絕	□ら□ら 形容外語說得流利
❹ ほかほか 心裡感覺很溫暖的樣子	□か□か 形容氣勢上漲、旺盛	□か□か 溫暖的樣子

應用練習2 是清音、濁音、還是半濁音呢？　MP3-067

請聽音檔，並選出正確的答案。

❶ a. せんぱい 前輩　　b. せんばい 一千倍　　❷ a. ぴん 大頭針　　b. びん 瓶

❸ a. はら 肚子　　　　b. ばら 薔薇　　　　　❹ a. ひる 白天　　　b. びる 建築物

❺ a. ふた 蓋子　　　　b. ぶた 豬　　　　　　❻ a. へん 奇怪的　　b. ぺん 筆

❼ a. ぱい 派；餡餅　　b. ばい 倍數　　　　　❽ a. でんき 電燈　　b. てんき 天氣

❾ a. だんご 糯米丸子　b. たんご 單字　　　　❿ a. だいがく 大學　b. たいがく 退學

第7課

應用練習3 ぶんぶんぶん　嗡嗡嗡　　MP3-068

請依照羅馬拼音，在下列的括弧中寫入正確的平假名，使歌詞完整，並一起唱唱看吧！

（　）ん（　）ん（　）ん　はちが　と（　）
　bu　　　bu　　　bu　　　　　　　bu

おいけのまわりに　の（　）らが　さいたよ
　　　　　　　　　　ba

（　）ん（　）ん（　）ん　はちが　と（　）
　bu　　　bu　　　bu　　　　　　　bu

（　）ん（　）ん（　）ん　はちが　と（　）
　bu　　　bu　　　bu　　　　　　　bu

あさつゆ　きらきら　の（　）らが　ゆれるよ
　　　　　　　　　　　ba

（　）ん（　）ん（　）ん　はちが　と（　）
　bu　　　bu　　　bu　　　　　　　bu

歌詞

ぶんぶんぶん　蜂が飛ぶ　　　　　　　嗡嗡嗡　蜜蜂飛翔
お池の周りに　野薔薇が咲いたよ　　　在池塘的周圍　野玫瑰開了呦
ぶんぶんぶん　蜂が飛ぶ　　　　　　　嗡嗡嗡　蜜蜂飛翔

ぶんぶんぶん　蜂が飛ぶ　　　　　　　嗡嗡嗡　蜜蜂飛翔
朝露きらきら　野薔薇が揺れるよ　　　朝露閃耀　野玫瑰搖動呦
ぶんぶんぶん　蜂が飛ぶ　　　　　　　嗡嗡嗡　蜜蜂飛翔

生詞

1.	ぶんぶん		副	昆蟲拍動翅膀的聲音
2.	はち	蜂	名	蜜蜂
3.	とぶ	飛ぶ	動	飛
4.	いけ	池	名	池塘
5.	まわり	周り	名	周圍
6.	のばら	野薔薇	名	野生的薔薇、野玫瑰
7.	さいた	咲いた	動	開花（動詞過去式）
8.	あさつゆ	朝露	名	朝露
9.	きらきら		副	閃耀
10.	ゆれる	揺れる	動	搖動、搖擺

第 7 課

問候：聽一聽，說一說！

▶ MP3-069

先生（老師）：おはよう。
早安。

学生（學生）：おはようございます。
早安（禮貌體）。

友達（朋友）：こんにちは。
午安。

友達（朋友）：こんばんは。
晚安。

子ども（小孩）：お休みなさい。
晚安（禮貌體）。

父さん（父親）：お休み。
晚安。

Note

「おはよう」（早安）

「おはよう」（早安）是從「お早くから、ご苦労様です」（這麼早起來，辛苦你了）簡化而來的，「おはようございます」則是「おはよう」的禮貌型。

「こんにちは」（你好）的原意為「今日は、ご機嫌いかがですか」（今天心情如何？），是人們在白天見面時互相問候或表達關心的用語。

「今晚は」（晚安）是「今晚は良い晚ですね」（今晚真是個美好的夜晚呢）的簡稱。使用時機大約是在傍晚的時候。

「おやすみ」在中文裡是「晚安」，雖然先前的「今晚は」中文翻譯也是「晚安」，但是「おやすみ」只在晚上10點之後或睡前才會使用。

第 8 課

平假名

清音「拗音」

學習目標

①學習平假名中清音的「拗音」
②學習清音「拗音」的相關單字
③學習數字中「一位數」的說法
④學習「詢問電話號碼時」的簡單會話
⑤學習「與人會面時」的問候語

平假名清音的「拗音」：

	い段＋「ゃ」ya	い段＋「ゅ」yu	い段＋「ょ」yo
か行・き k	き＋ゃ→きゃ kya	き＋ゅ→きゅ kyu	き＋ょ→きょ kyo
さ行・し sh	し＋ゃ→しゃ sha	し＋ゅ→しゅ shu	し＋ょ→しょ sho
た行・ち ch	ち＋ゃ→ちゃ cha	ち＋ゅ→ちゅ chu	ち＋ょ→ちょ cho
な行・に n	に＋ゃ→にゃ nya	に＋ゅ→にゅ nyu	に＋ょ→にょ nyo
は行・ひ h	ひ＋ゃ→ひゃ hya	ひ＋ゅ→ひゅ hyu	ひ＋ょ→ひょ hyo
ま行・み m	み＋ゃ→みゃ mya	み＋ゅ→みゅ myu	み＋ょ→みょ myo
ら行・り r	り＋ゃ→りゃ rya	り＋ゅ→りゅ ryu	り＋ょ→りょ ryo

平假名「清音」的「拗音」

🏵 拗音的形成：い段＋「ゃ」或「ゅ」或「ょ」　▶ MP3-070

拗音是由「い段」假名（含濁音、半濁音，「い」除外）分 與「ゃ、ゅ、ょ」3個假名相組合而成。

	い段＋「ゃ」ya	い段＋「ゅ」yu	い段＋「ょ」yo
か行・き k	き＋ゃ→きゃ kya	き＋ゅ→きゅ kyu	き＋ょ→きょ kyo
※ さ行・し sh	し＋ゃ→しゃ sha	し＋ゅ→しゅ shu	し＋ょ→しょ sho
※ た行・ち ch	ち＋ゃ→ちゃ cha	ち＋ゅ→ちゅ chu	ち＋ょ→ちょ cho
な行・に n	に＋ゃ→にゃ nya	に＋ゅ→にゅ nyu	に＋ょ→にょ nyo
は行・ひ h	ひ＋ゃ→ひゃ hya	ひ＋ゅ→ひゅ hyu	ひ＋ょ→ひょ hyo
ま行・み m	み＋ゃ→みゃ mya	み＋ゅ→みゅ myu	み＋ょ→みょ myo
ら行・り r	り＋ゃ→りゃ rya	り＋ゅ→りゅ ryu	り＋ょ→りょ ryo

註：羅馬字的標記方式，「さ行」會從「s」變成「sh」；「た行」會從「t」變成「ch」，請注意！

🏵 拗音的發音重點：留意拍子

A. 拗音

拗音雖然是由兩個字（一個大字＋一個小字）組合而成，但發音為一拍。

例1　しゅふ（主婦）：2拍

拍子	1	2
發音	しゅ	ふ

例2　きょり（距離）：2拍

拍子	1	2
發音	きょ	り

B. 拗音的長音

拗長音是拗音的長音形式，表記方法與長音相同。試著比較看看以下的差異處吧！

拗音

拍子	1
發音	きょ

拗音的長音

拍子	1	2
發音	きょ	う

例1　拗音「ゃ」+あ→きゃあ（尖叫聲）：2拍

拍子	1	2
發音	きゃ	あ

例2　拗音「ゅ」+う→きゅうしゅう（九州）：4拍

拍子	1	2	3	4
發音	きゅ	う	しゅ	う

例3　拗音「ょ」+う→きょうと（京都）：3拍

拍子	1	2	3
發音	きょ	う	と

C. 拗音＋促音

試著邊拍手打拍子邊讀讀看！

例1　ちょっと（一點）：3拍

拍子	1	2	3
發音	ちょ	っ	と

例2　しゃっくり（嗝）：4拍

拍子	1	2	3	4
發音	しゃ	っ	く	り

「か行」、「さ行」拗音

	い段+「ゃ」ya	い段+「ゅ」yu	い段+「ょ」yo
か行・きk	きゃ kya	きゅ kyu	きょ kyo

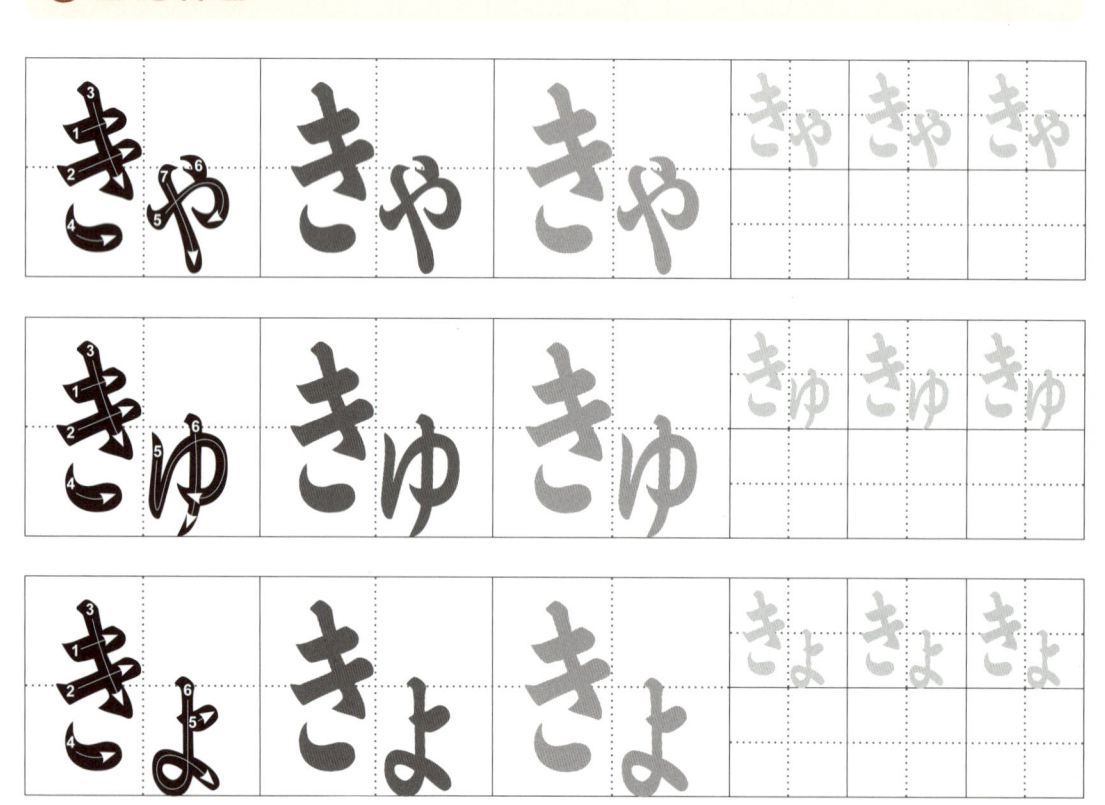

書寫練習

	い段+「ゃ」ya	い段+「ゅ」yu	い段+「ょ」yo
さ行・し sh	しゃ sha	しゅ shu	しょ sho

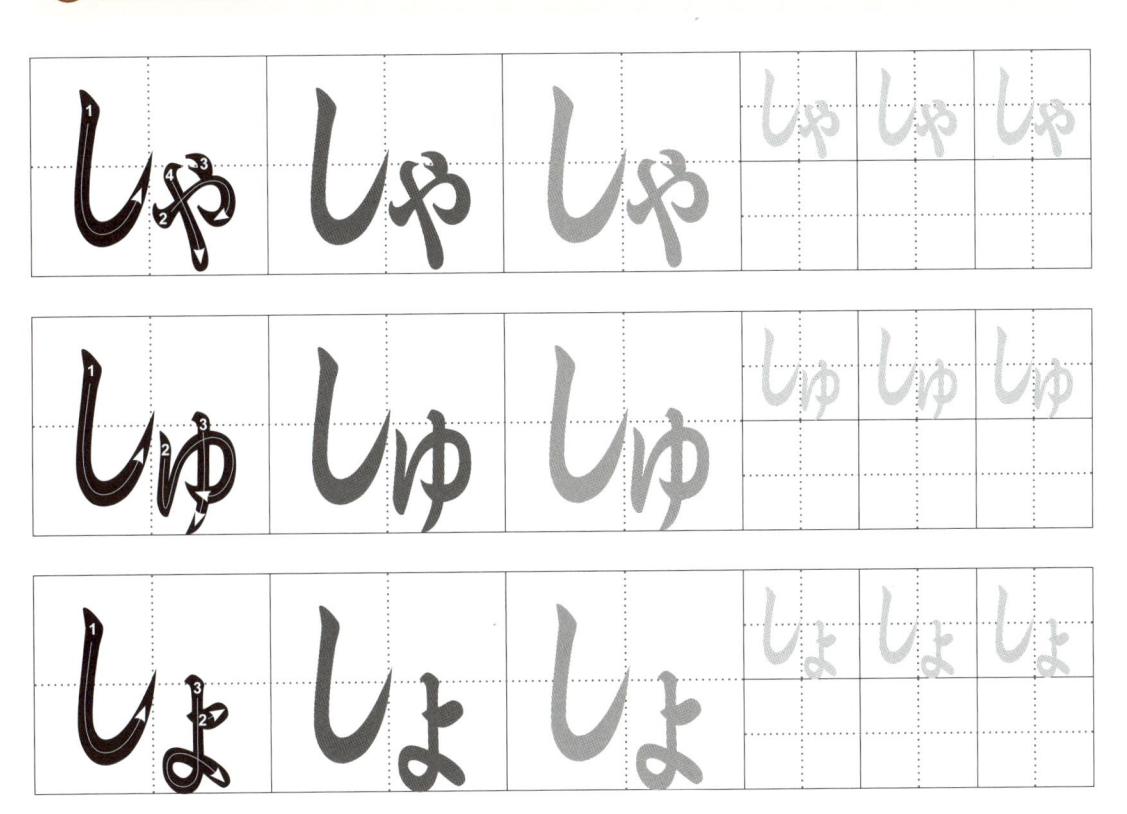

❁ 書寫練習

練習1　MP3-071

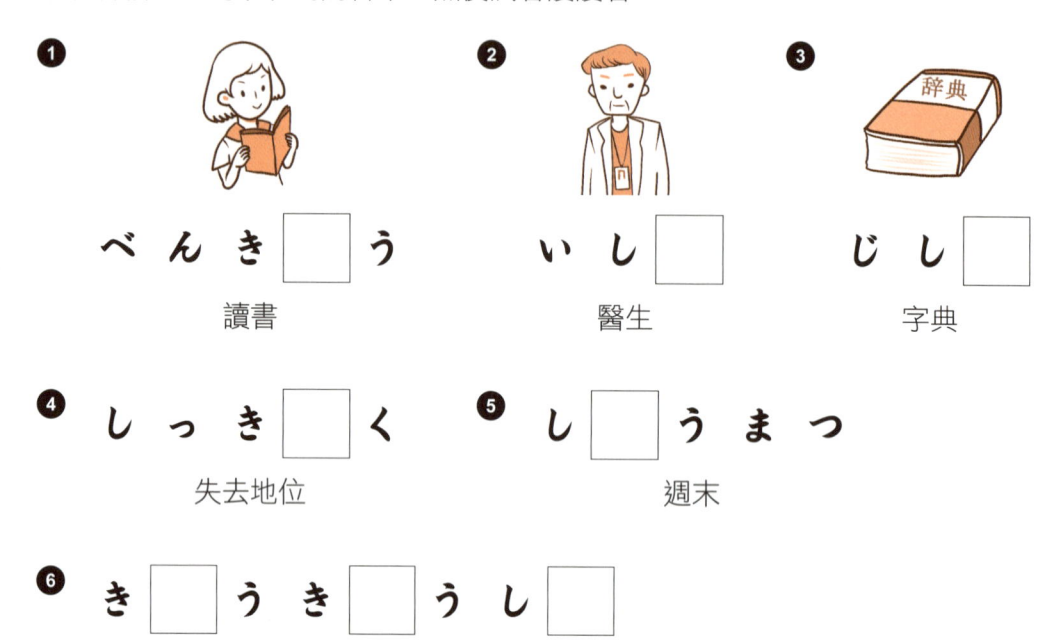

請聽音檔,並寫下聽到的答案,然後試著讀讀看。

❶ べんき□う
讀書

❷ いし□
醫生

❸ じし□
字典

❹ しっき□く
失去地位

❺ し□うまつ
週末

❻ き□うき□うし□
救護車

練習2　MP3-072

請聽音檔,並寫下聽到的答案,然後試著讀讀看。

❶ □□ 曲子

❷ □□ 今天

❸ □□ 興趣

❹ □□□ 公司

❺ □□ 歌手

❻ □□□ 小黃瓜

❼ □□ 客戶

❽ □□□ 醬油

❾ □□ 火車

「た行」、「な行」拗音

	い段+「ゃ」ya	い段+「ゅ」yu	い段+「ょ」yo
た行・ち ch	ちゃ cha	ちゅ chu	ちょ cho

書寫練習

	い段＋「ゃ」ya	い段＋「ゅ」yu	い段＋「ょ」yo
な行・に n	にゃ nya	にゅ nyu	にょ nyo

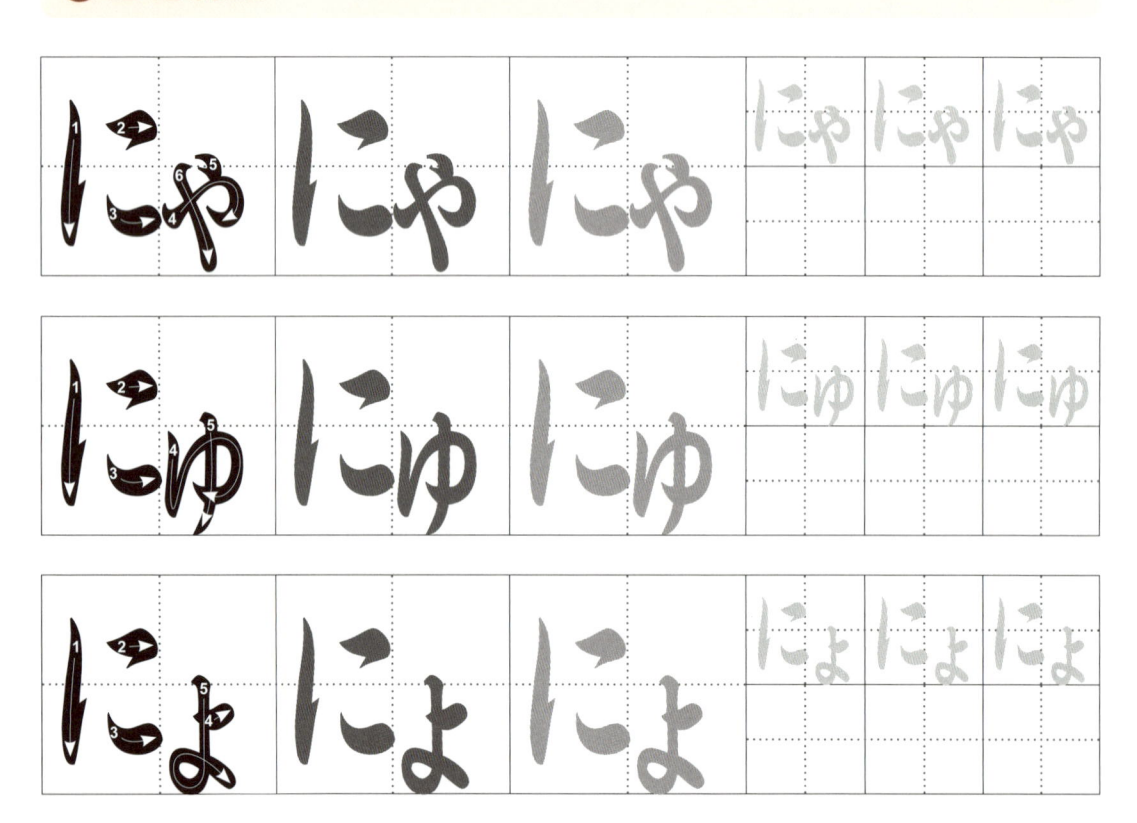

🏵 書寫練習

にゃ にゃ にゃ にゃ にゃ にゃ

にゅ にゅ にゅ にゅ にゅ にゅ

にょ にょ にょ にょ にょ にょ

練習3 MP3-073

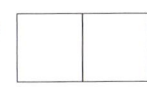

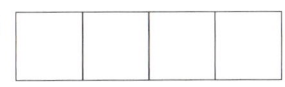

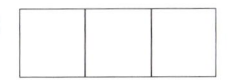

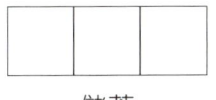

請聽音檔,並寫下聽到的答案,然後試著讀讀看。

① に[ ]うぼう　妻子

② に[ ]うがく　入學

③ ち[ ]わん　飯碗

④ ち[ ]うし　狀況

⑤ ふに[ ]ふに[ ]　柔軟有彈性

練習4 MP3-074

請聽音檔,並寫下聽到的答案,然後試著讀讀看。

① [ ][ ]　茶

② [ ][ ][ ][ ]　蒟蒻

③ [ ][ ][ ]　注射

④ [ ][ ]　尿

⑤ [ ][ ][ ]　儲蓄

「は行」、「ま行」、「ら行」拗音

	い段+「ゃ」ya	い段+「ゅ」yu	い段+「ょ」yo
は行・ひ h	ひゃ hya	ひゅ hyu	ひょ hyo

書寫練習

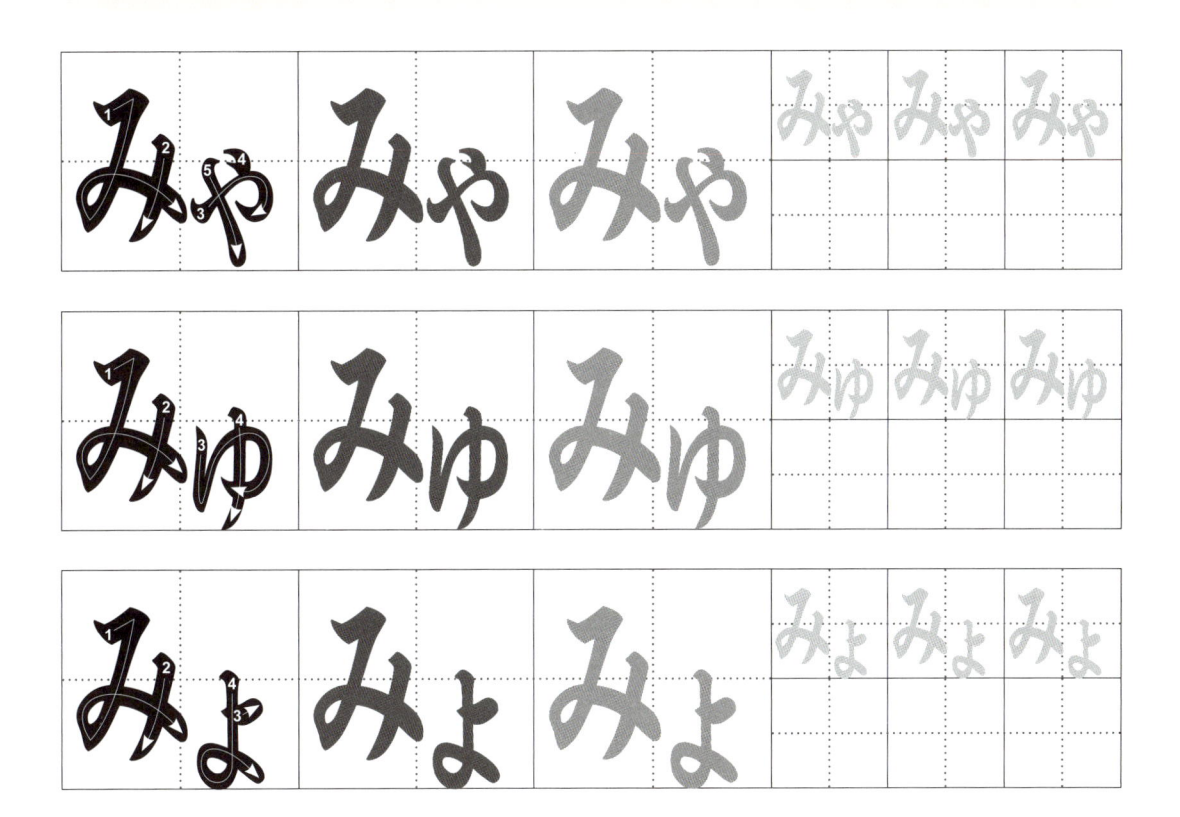

	い段+「ゃ」ya	い段+「ゅ」yu	い段+「ょ」yo
ま行・み m	みゃ mya	みゅ myu	みょ myo

書寫練習

みゃ	みゃ	みゃ	みゃ みゃ みゃ
みゅ	みゅ	みゅ	みゅ みゅ みゅ
みょ	みょ	みょ	みょ みょ みょ

第8課

	い段＋「ゃ」ya	い段＋「ゅ」yu	い段＋「ょ」yo
ら行・り r	りゃ rya	りゅ ryu	りょ ryo

書寫練習

りゃ	りゃ	りゃ	りゃ りゃ りゃ
りゅ	りゅ	りゅ	りゅ りゅ りゅ
りょ	りょ	りょ	りょ りょ りょ

練習5　MP3-075

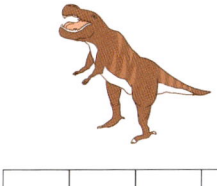

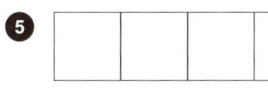

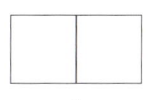

請聽音檔，並寫下聽到的答案，然後試著讀讀看。

① り□うり
料理

② ひ□く
百

③ り□う
龍

④ み□うじ
姓

⑤ み□く
脈

練習6　MP3-076

請聽音檔，並寫下聽到的答案，然後試著讀讀看。

① □□□□
恐龍

② □□□□
旅行

③ □□□□
四百

④ □□□□
明天（有禮貌的說法）

⑤ □□□□
交流

⑤ □□
表

應用練習

應用練習1 一位數　▶ MP3-077

請聽音檔,並寫下聽到的答案。

例 | ゼロ | 零

❶ ☐☐ 零　　❷ ☐☐ 一

❸ ☐ 二　　❹ ☐☐ 三　　❺ ☐☐／☐ 四

❻ ☐ 五　　❼ ☐☐ 六　　❽ ☐☐／☐☐ 七

❾ ☐☐ 八　　❿ ☐☐／☐ 九

應用練習2 詢問電話號碼:套進去說說看!　▶ MP3-078

會話例

A:すみません、電話番号は　何番ですか。

B:<u>12-3456</u>です。

A:どうも。

中文翻譯

A:不好意思,請問你的電話號碼是幾號?

B:我的電話號碼是<u>12-3456</u>。

A:謝謝。

套進去說說看

❶ 03-4968　　❷ 02-1386　　❸ 06-7124

❹ 09-5362　　❺ 自己的電話號碼

應用練習3 聆聽電話號碼　MP3-079

請聽音檔，並寫下正確的電話號碼。

例　119

❶ _____　❷ _____　❸ _____　❹ _____

❺ _____　❻ _____

應用練習4 重新排序　MP3-080

請聽音檔，記下假名的正確順序，並將答案寫在方框內。

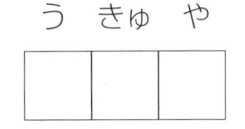

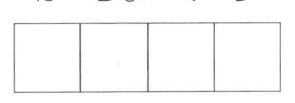

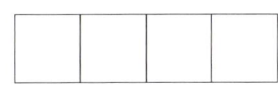

❶ う　きゅ　や
☐☐☐
棒球

❷ し　ん　しゃ
☐☐☐
照片

❸ ん　あ　ちゃ　か
☐☐☐☐
嬰兒

❹ は　ちょ　く　う
☐☐☐☐
天鵝

❺ きゅ　ち　う
☐☐☐
地球

❻ ん　う　ちゅ　こ
☐☐☐☐
昆蟲

❼ あ　しゅ　く
☐☐☐
握手

❽ しゅ　ん　う　れ
☐☐☐☐
練習

❾ ひゃ　う　しょ　く
☐☐☐☐
百姓

— 97 —

問候：聽一聽，說一說！

▶ MP3-081

お元気(げんき)ですか。
你好嗎？

おかげさまで。
託您的福。

お久(ひさ)しぶりです。
好久不見！

久(ひさ)しぶり！
好久不見！

Note

「お元気(げんき)ですか」（你好嗎？）

　　人與人相見時，會以「お元気(げんき)ですか」（你好嗎？）、「お久(ひさ)しぶりです」（好久不見）、或「お久(ひさ)しぶりです。お元気(げんき)ですか」（好久不見。你好嗎？）等用語來問候。對此也應以「元気(げんき)です」（我很好）、「おかげさまで」（託您的福）、「おかげさまで、元気(げんき)です」（託您的福，我很好）等來回應。此外，「久(ひさ)しぶり」是「お久(ひさ)しぶりです」的簡略用法。

第 9 課

平假名

濁音・半濁音「拗音」

學習目標

①學習平假名中濁音及半濁音的「拗音」
②學習濁音及半濁音「拗音」的相關單字
③學習數字中「二位數、三位數」的說法
④學習購物時「詢問價格」的簡單會話
⑤學習「外出時及回家時的問候語」

平假名「濁音/半濁音」的「拗音」：　　　　　　　▶ MP3-082

	い段+「ゃ」ya	い段+「ゅ」yu	い段+「ょ」yo
が行・ぎ g	ぎ+ゃ ぎゃ gya	ぎ+ゅ ぎゅ gyu	ぎ+ょ ぎょ gyo
ざ行・じ j	じ+ゃ じゃ ja	じ+ゅ じゅ ju	じ+ょ じょ jo
だ行・ぢ j	ぢ+ゃ ぢゃ ja	ぢ+ゅ ぢゅ ju	ぢ+ょ ぢょ jo
ば行・び b	び+ゃ びゃ bya	び+ゅ びゅ byu	び+ょ びょ byo
ぱ行・ぴ p	ぴ+ゃ ぴゃ pya	ぴ+ゅ ぴゅ pyu	ぴ+ょ ぴょ pyo

「が行」、「ざ行」、「だ行」拗音

	い段+「ゃ」ya	い段+「ゅ」yu	い段+「ょ」yo
が行・ぎ g	ぎゃ gya	ぎゅ gyu	ぎょ gyo

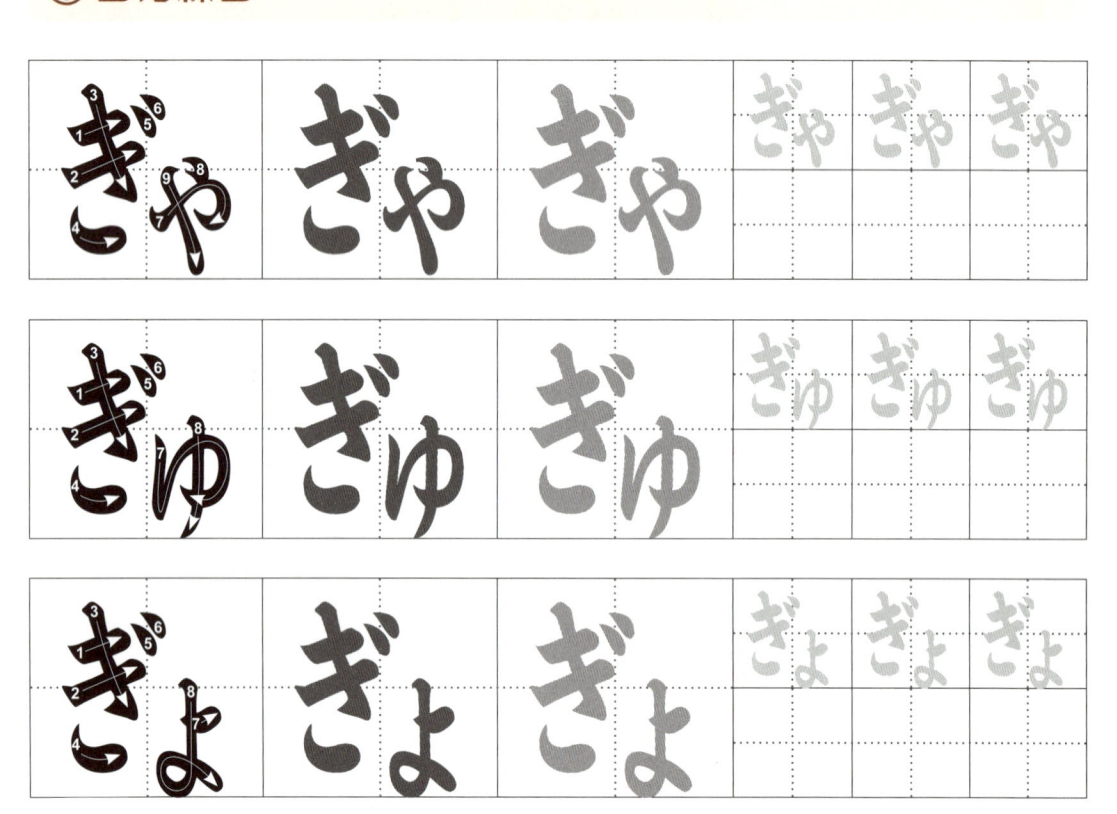

書寫練習

ぎゃ　ぎゃ　ぎゃ　ぎゃ　ぎゃ　ぎゃ

ぎゅ　ぎゅ　ぎゅ　ぎゅ　ぎゅ　ぎゅ

ぎょ　ぎょ　ぎょ　ぎょ　ぎょ　ぎょ

	い段+「ゃ」ya	い段+「ゅ」yu	い段+「ょ」yo
ざ行・じ j	じゃ ja	じゅ ju	じょ jo

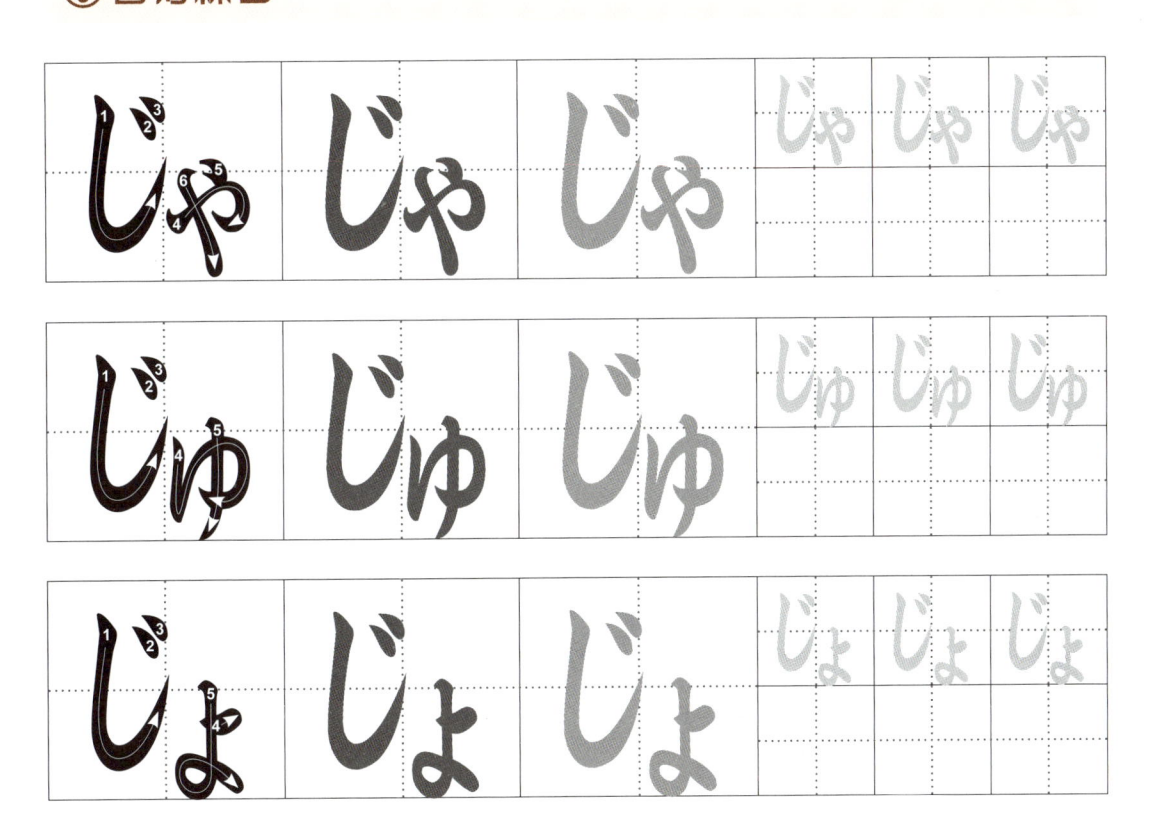

書寫練習

じゃ	じゃ	じゃ	じゃ じゃ じゃ
じゅ	じゅ	じゅ	じゅ じゅ じゅ
じょ	じょ	じょ	じょ じょ じょ

第9課

	い段＋「ゃ」ya	い段＋「ゅ」yu	い段＋「ょ」yo
だ行・ぢj	ぢゃ ja	ぢゅ ju	ぢょ jo

✿ 書寫練習

ぢゃ	ぢゃ	ぢゃ	ぢゃ	ぢゃ	ぢゃ
ぢゅ	ぢゅ	ぢゅ	ぢゅ	ぢゅ	ぢゅ
ぢょ	ぢょ	ぢょ	ぢょ	ぢょ	ぢょ

練習1　MP3-083

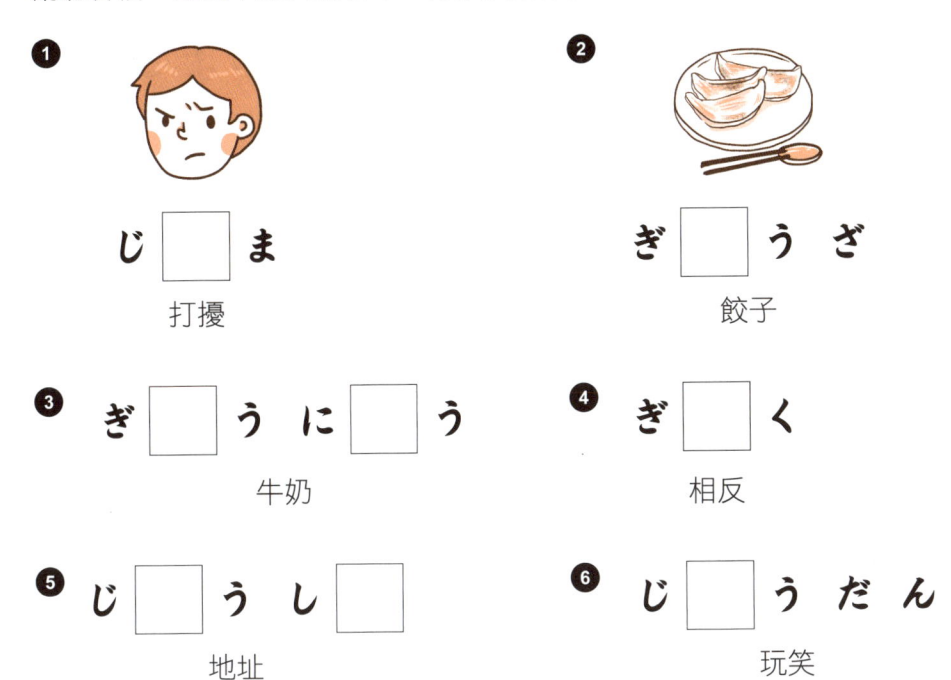

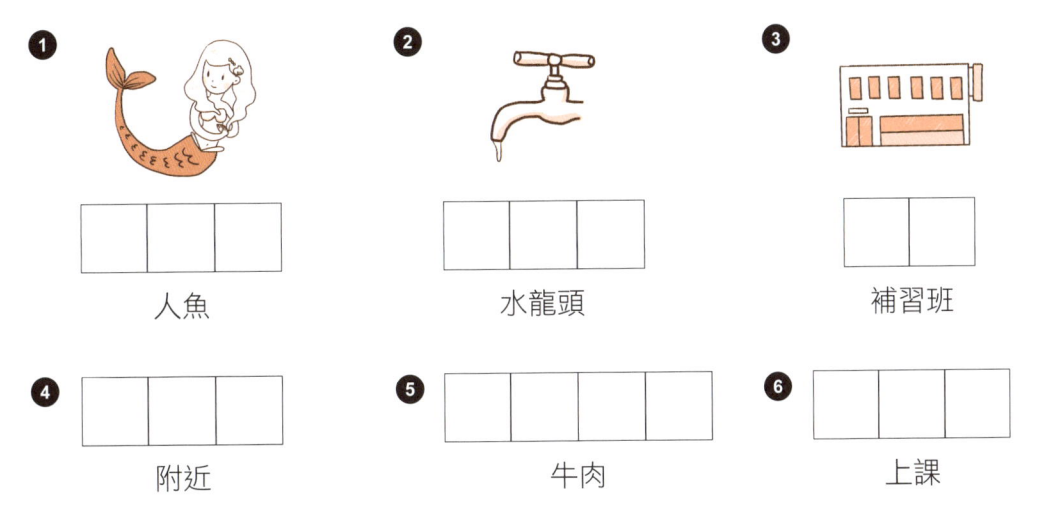

請聽音檔,並寫下聽到的答案,然後試著讀讀看。

1 じ□ま　打擾

2 ぎ□うざ　餃子

3 ぎ□うに□う　牛奶

4 ぎ□く　相反

5 じ□うし□　地址

6 じ□うだん　玩笑

練習2　MP3-084

請聽音檔,並寫下聽到的答案,然後試著讀讀看。

1 □□□　人魚

2 □□□　水龍頭

3 □□□　補習班

4 □□□　附近

5 □□□□　牛肉

6 □□□　上課

「ば行」、「ぱ行」拗音

	い段+「ゃ」ya	い段+「ゅ」yu	い段+「ょ」yo
ば行・び b	びゃ bya	びゅ byu	びょ byo

書寫練習

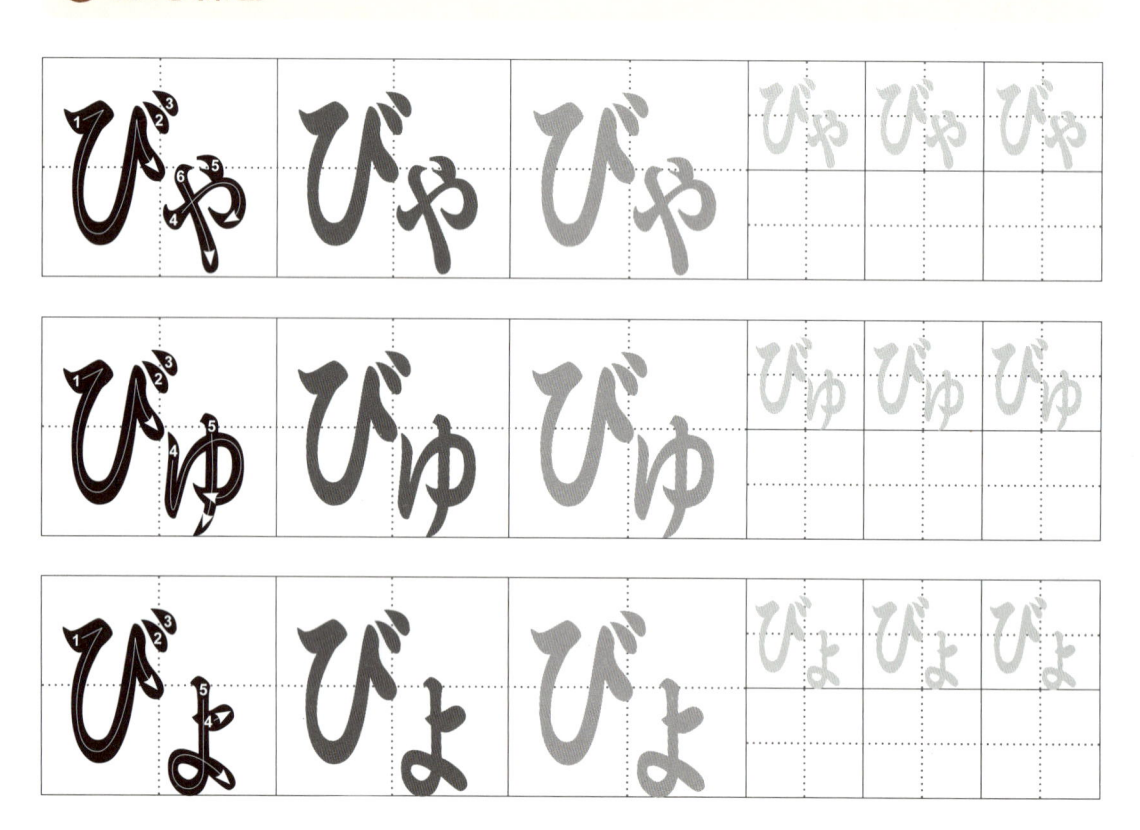

びゃ	びゃ	びゃ	びゃ びゃ びゃ
びゅ	びゅ	びゅ	びゅ びゅ びゅ
びょ	びょ	びょ	びょ びょ びょ

	い段+「ゃ」ya	い段+「ゅ」yu	い段+「ょ」yo
ぱ行・ぴ p	ぴゃ pya	ぴゅ pyu	ぴょ pyo

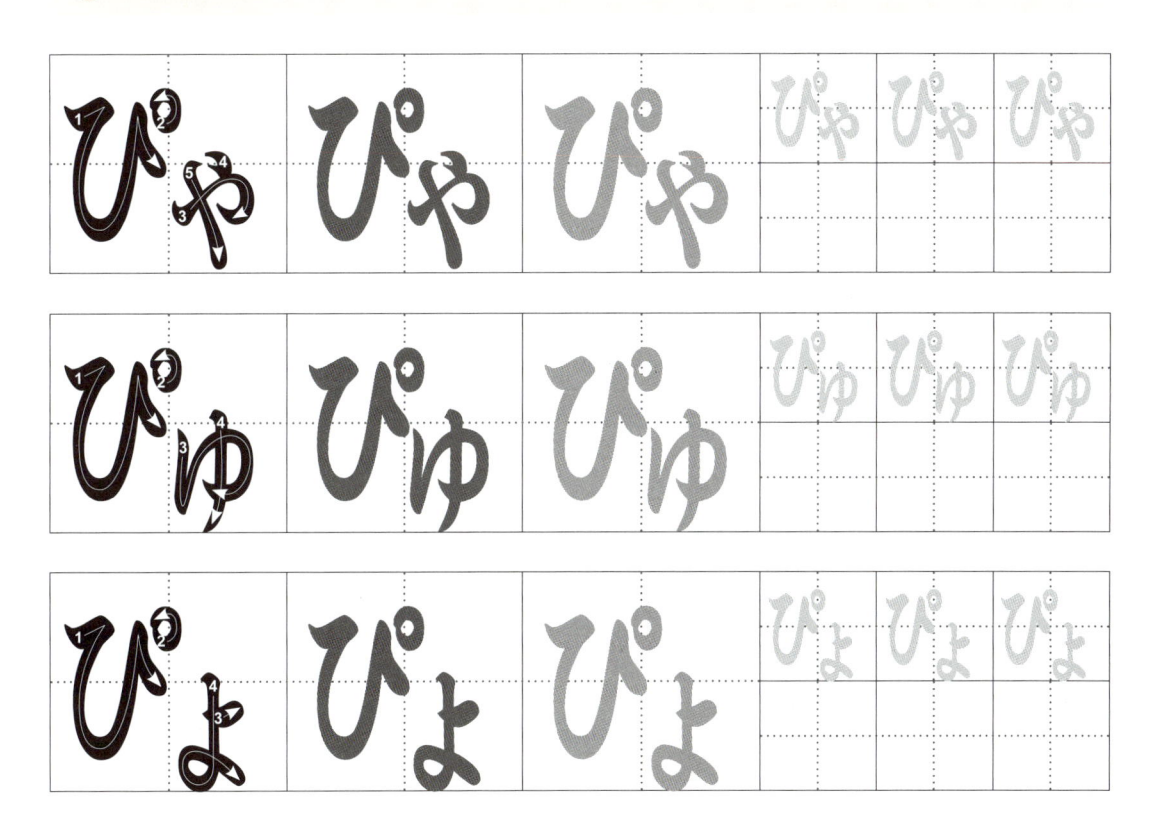

書寫練習

ぴゃ ぴゃ ぴゃ ぴゃ ぴゃ ぴゃ

ぴゅ ぴゅ ぴゅ ぴゅ ぴゅ ぴゅ

ぴょ ぴょ ぴょ ぴょ ぴょ ぴょ

練習3　MP3-085

請聽音檔，並寫下聽到的答案，然後試著讀讀看。

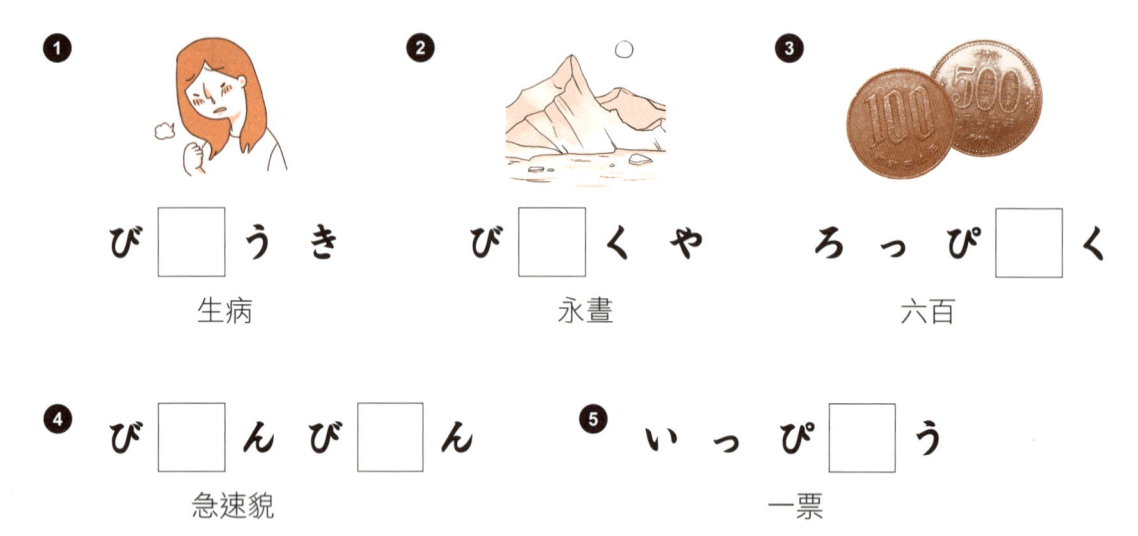

❶ び□うき
生病

❷ び□くや
永晝

❸ ろっぴ□く
六百

❹ び□んび□ん
急速貌

❺ いっぴ□う
一票

應用練習

應用練習Ⅰ 二位數、三位數　▶ MP3-086

請聽音檔，並寫下聽到的答案，然後試著讀讀看。

☐う	に☐う	さん☐う
10	20	30

よん☐う	ご☐う	ろく☐う
40	50	60

なな☐う	はち☐う	☐う☐う
70	80	90

☐く	に☐く	さん☐く
100	200	300

よん☐く	ご☐く	ろっ☐く
400	500	600

なな☐く	はっ☐く	☐う☐く
700	800	900

第9課

應用練習2 日本的紙鈔與錢幣　MP3-087

認識日本的錢幣，並試著讀讀看。

硬貨＝「～円玉」

500円
ごひゃくえん

100円
ひゃくえん

50円
ごじゅうえん

10円
じゅうえん

5円
ごえん

1円
いちえん

紙幣＝「～円札」

10000円＝1万円
いちまんえん
福沢諭吉

5000円＝5千円
ごせんえん
樋口一葉

2000円＝2千円
にせんえん
沖縄の「守礼門」

1000円＝千円
せんえん
野口英世

應用練習3 購物

會話例

A：いらっしゃいませ。

B：これ、ください。

A：<ruby>３００円<rt>さんびゃくえん</rt></ruby>です。

B：どうも。

中文翻譯

A：歡迎光臨。

B：我要這個。

A：這個300元。

B：謝謝。

套進去說說看

❶ 30円

❷ 90円

❸ 300円

❹ 450円

❺ 620円

❻ 760円

❼ 840円

❽ 970円

應用練習4 多少錢呢？　▶ MP3-089

請聽音檔，並寫下正確的價格。

例　　300円

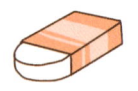

❶  _____　❷  _____　❸ _____

❹  _____　❺  _____　❻ _____

— 110 —

應用練習5 重新排序

MP3-090

請聽音檔，記下假名的正確順序，並將答案寫在方框內。

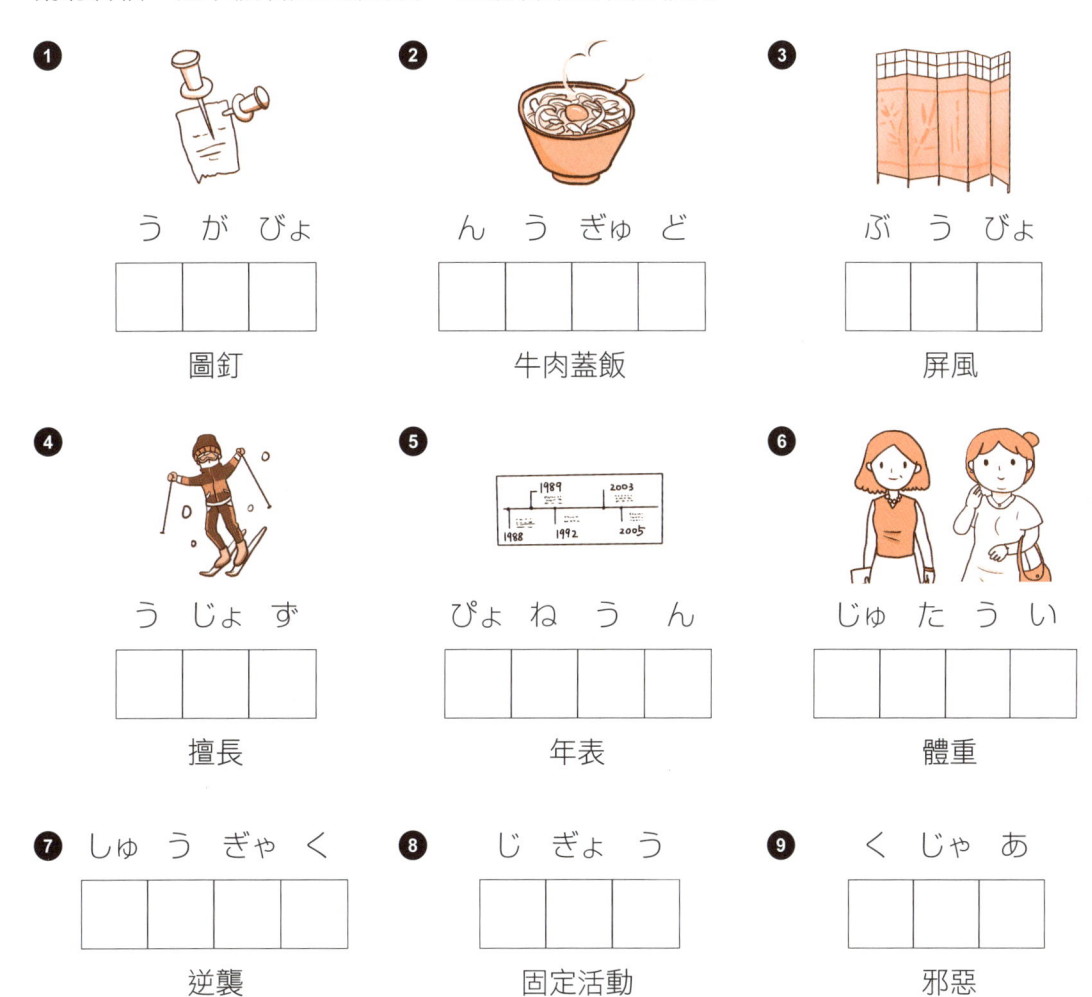

1 う　が　びょ
□□□
圖釘

2 ん　う　ぎゅ　ど
□□□□
牛肉蓋飯

3 ぶ　う　びょ
□□□
屏風

4 う　じょ　ず
□□□
擅長

5 ぴょ　ね　う　ん
□□□□
年表

6 じゅ　た　う　い
□□□□
體重

7 しゅ　う　ぎゃ　く
□□□□
逆襲

8 じ　ぎょ　う
□□□
固定活動

9 く　じゃ　あ
□□□
邪惡

問候：聽一聽，說一說！

▶ MP3-091

行って + きます。
我出門了。

行って + らっしゃい。
路上小心。

ただいま。
我回來了。

お帰りなさい。
歡迎回來。

Note

「行ってきます」（我出門了）

「行ってきます」（我出門了）是外出時所使用的問候語，意指「我現在要外出，會再回來」，另一方則會以「行ってらっしゃい」（路上小心）來回應，有著「請前往，並請安全歸來」的含意。另外回家時會說「只今帰りました」（我回來了〔禮貌型〕），較簡單的說法是「ただいま」（我回來了），而已經在家的人則以「お帰りなさい」（歡迎回來）來回應。

第 10 課

平假名總複習

學習目標

①平假名（清音、濁音、半濁音、拗音）的整理
②學習「日本料理菜單」的單字
③學習「在餐廳點餐」的簡單對話
④學習「日本地名」
⑤學習如何使用「どうぞ」（請）向人表達請求

綜合練習

綜合練習1 日本料理菜單　MP3-092

請聽音檔，並在方框中填入正確的答案。

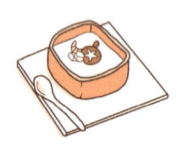

1 燒[き]鳥（や／とり）
雞肉串燒

2 刺身（さし／み）
生魚片

3 [お]に[ぎ]り
飯糰

4 茶碗蒸[し]（ちゃ／わん／む）
茶碗蒸

5 お好[み]焼き（この／や）
大阪燒

6 [た][こ]焼き（や）
章魚燒

7 [う][ど]ん
烏龍麵

8 [そ]ば
蕎麥麵

9 焼きそ[ば]（や）
炒麵

10 か[つ]丼（どん）
炸豬排蓋飯

11 親子丼（おや／こ／どん）
雞肉蓋飯

12 牛丼（ぎゅう／どん）
牛肉蓋飯

— 114 —

⑬ 寿司
　すし
　壽司

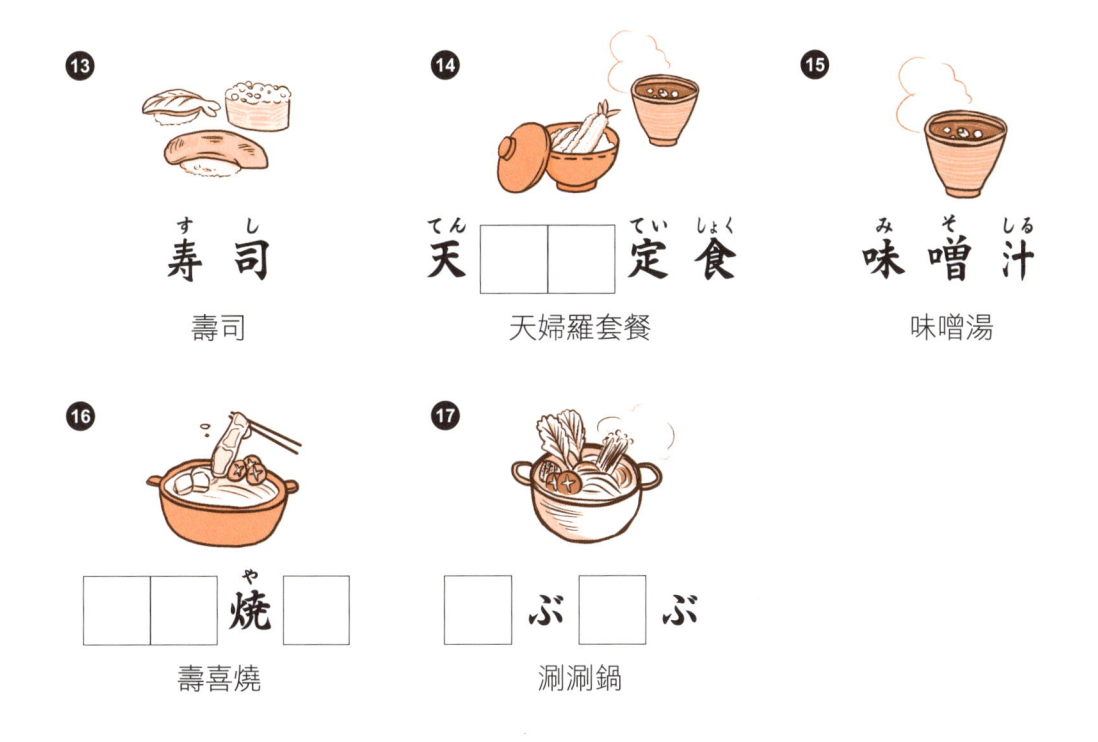

⑭ 天□□定食
　てん　　ていしょく
　天婦羅套餐

⑮ 味噌汁
　みそしる
　味噌湯

⑯ □□焼□
　　　や
　壽喜燒

⑰ □ぶ□ぶ
　涮涮鍋

綜合練習2 在餐廳點餐　MP3-093

請一邊看日本料理菜單、一邊練習會話，將綜合練習1的菜單，套入 _____ 中。

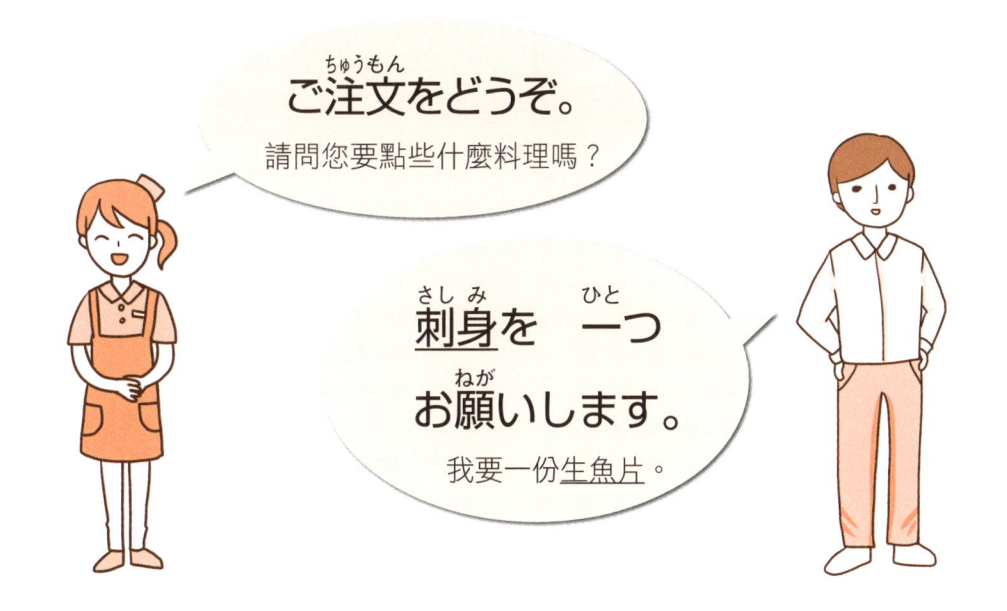

ご注文をどうぞ。
　ちゅうもん
請問您要點些什麼料理嗎？

刺身を 一つ
さしみ　　ひと
お願いします。
ねが
我要一份生魚片。

— 115 —

綜合練習3 日本地圖

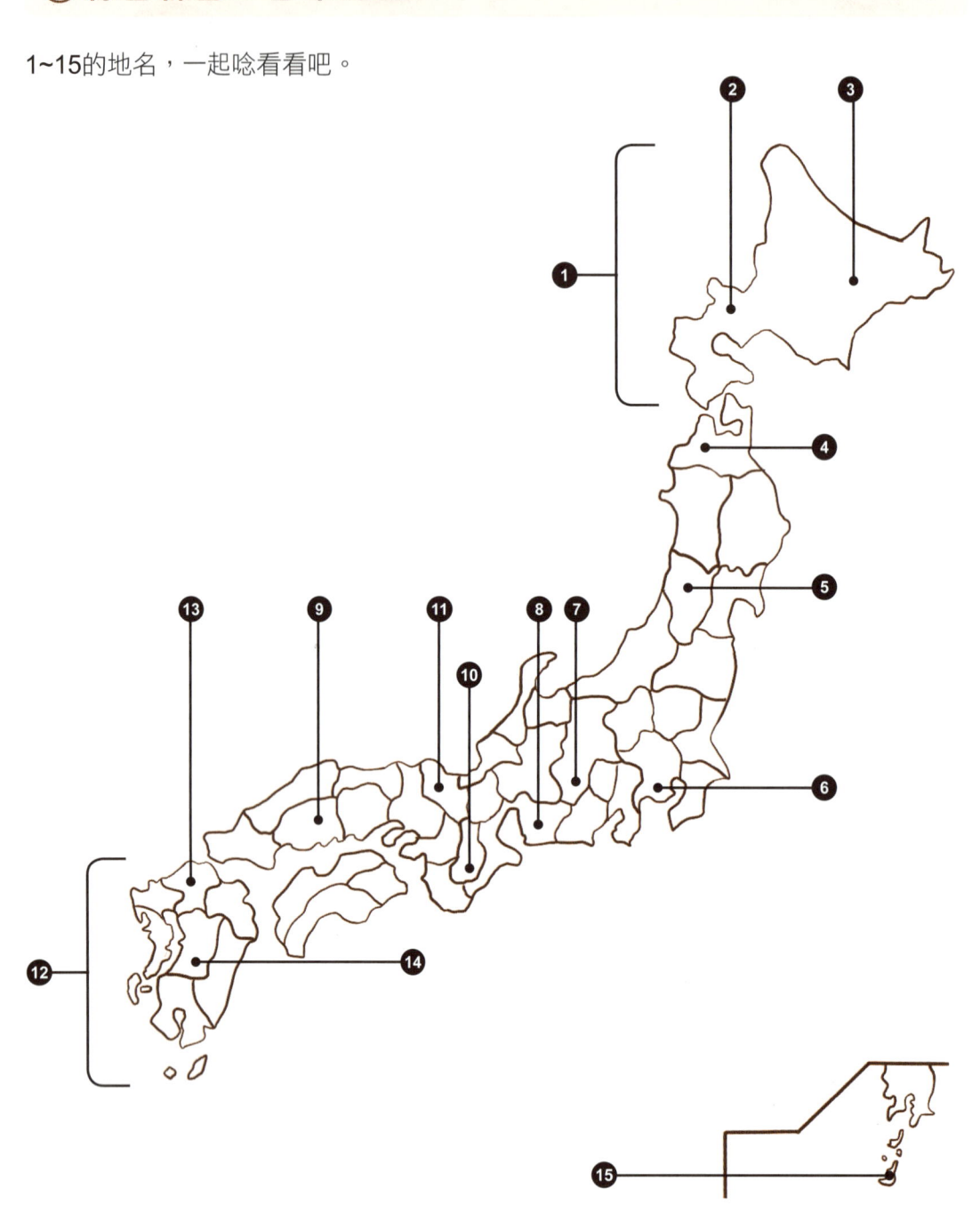

MP3-094

1~15的地名，一起唸看看吧。

❶ □っかい□う　北海道

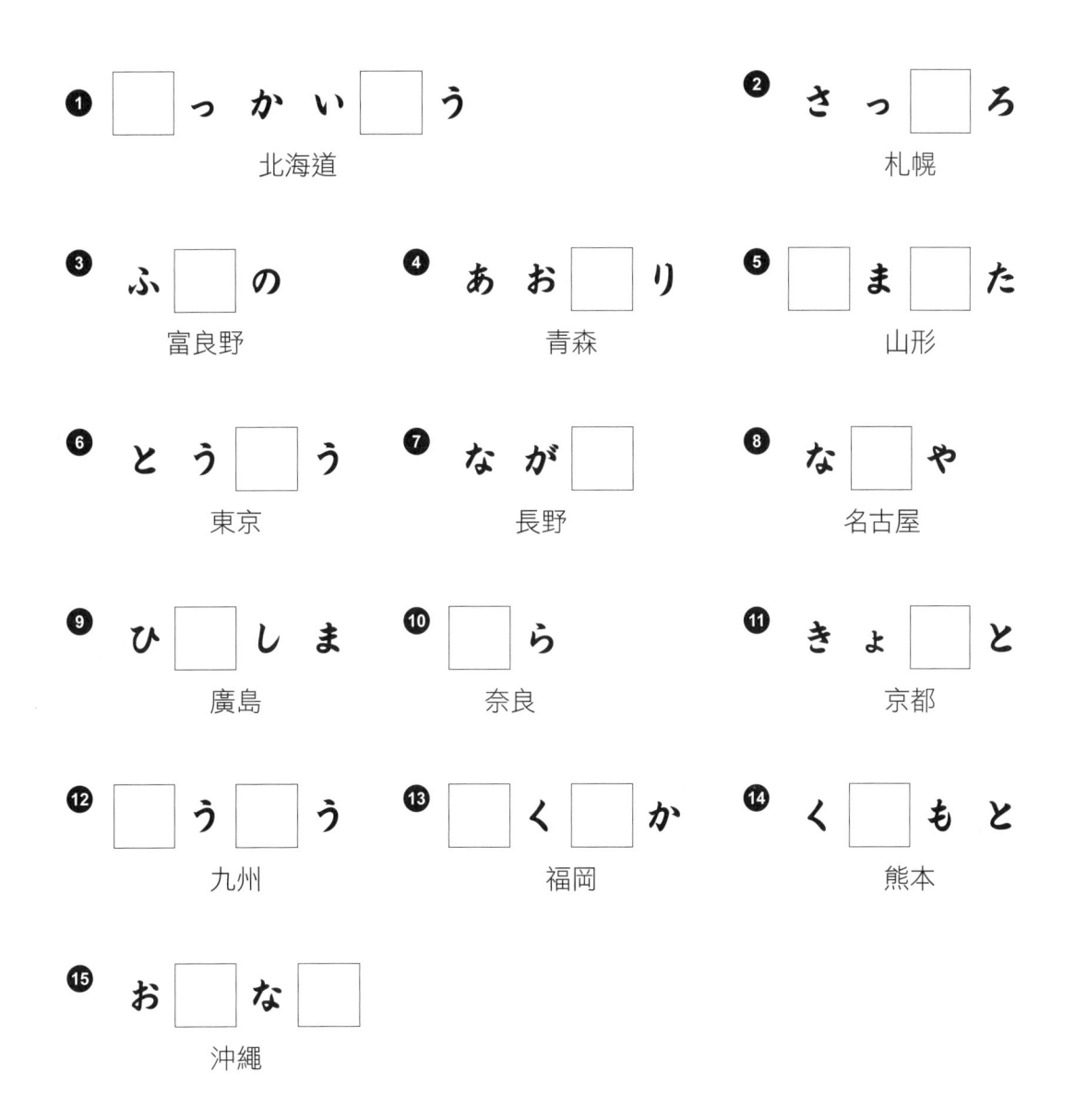

❷ さっ□ろ　札幌

❸ ふ□の　富良野

❹ あお□り　青森

❺ □また　山形

❻ とう□う　東京

❼ なが□　長野

❽ な□や　名古屋

❾ ひ□しま　廣島

❿ □ら　奈良

⓫ きょ□と　京都

⓬ □う□う　九州

⓭ □く□か　福岡

⓮ く□もと　熊本

⓯ お□な□　沖縄

綜合練習4 賓果遊戲　　MP3-095

1. 請在以下16個框框中自由填入右頁的16個單字。
2. 接著，一邊看自己所填的單字，一邊將老師唸的單字圈起來。
3. 直向、橫向或斜向皆可連線，最快連成2條線的人獲勝。

★ 賓果遊戲 ★

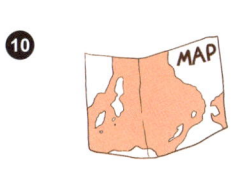

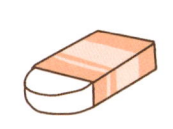

#	日本語	中文
1	はさみ	剪刀
2	くつ	鞋子
3	せっけん	肥皂
4	とけい	時鐘
5	いす	椅子
6	がっこう	學校
7	めがね	眼鏡
8	しんぶん	報紙
9	びょういん	醫院
10	ちず	地圖
11	けしごむ	橡皮擦
12	かばん	書包
13	えんぴつ	鉛筆
14	きっぷ	車票
15	ゆうびんきょく	郵局
16	ぼうし	帽子

綜合練習5 聽聽看　MP3-096

請聽音檔，從選項中圈出正確的答案，並寫在方框中。

例　こ[え]　　（有生命的）聲音　a. う　　b. え　　c. そ

1. か[ ]　　臉　　a. あ　　b. お　　c. う
2. そ[ ]　　底部　　a. こ　　b. く　　c. い
3. あ[ ]　　腳　　a. く　　b. う　　c. し
4. [ ]かい　　世界　　a. さ　　b. す　　c. せ
5. し[ ]　　四季　　a. そ　　b. き　　c. さ
6. か[ ]　　河川　　a. わ　　b. れ　　c. ね
7. [ ]す　　不在家　　a. る　　b. ら　　c. ろ
8. か[ ]　　鑰匙　　a. ぎ　　b. ざ　　c. ぢ
9. [ ]ふ　　家庭主婦　　a. しょ　　b. しゃ　　c. しゅ
10. か[ ]　　河馬　　a. ぱ　　b. ぼ　　c. ば

綜合練習6 填填看

MP3-097

請聽音檔,並從「ﾞ」「ﾟ」「や」「ゆ」「よ」「つ」之中選出適當的答案填入正確的位置。

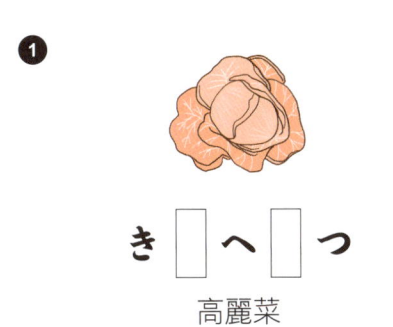

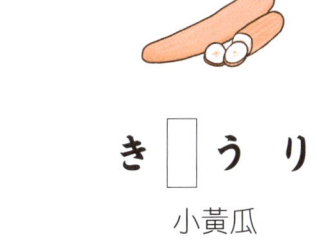

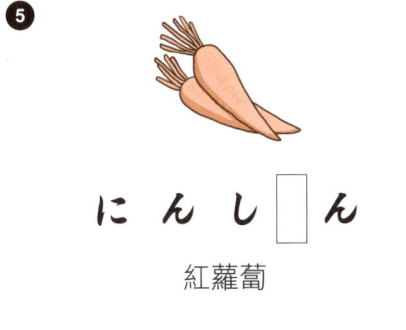

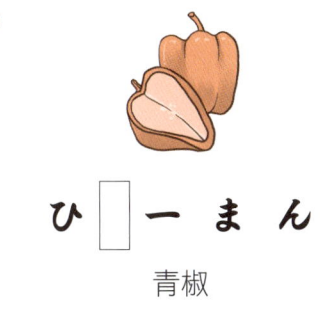

1 き□へ□つ
高麗菜

2 た□いこん
白蘿蔔

3 し□ふ□し□ふ□
涮涮鍋

4 き□うり
小黃瓜

5 にんし□ん
紅蘿蔔

6 ひ□ーまん
青椒

7 かぼち□
南瓜

8 たまこ□
蛋

❾ お て □ ん
關東煮

❿ お に き □ り
飯糰

⓫ て ん ふ □ ら
天婦羅

⓬ し □ か □ い も
馬鈴薯

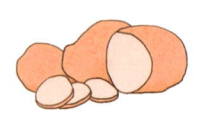

⓭ な □ と う
納豆

⓮ た □ ん こ □
糯米丸子

⓯ せ ん へ □ い
仙貝

⓰ き □ □ う に □ う
牛奶

綜合練習7 擬聲、擬聲語　MP3-098

請聽音檔，並將假名加上正確的符號、填入方框中，再跟著音檔一起讀讀看！

❶ さらさら（乾爽貌）　　□ら□ら（粗澀的樣子）

❷ しんしん（極冷、茂密）　□ん□ん（陣痛）

❸ するする（敏捷貌、輕快貌）　□る□る（拖拖拉拉）

❹ そろそろ（差不多該……）　□ろ□ろ（絡繹不絕）

❺ とんとん（順利、咚咚）　□ん□ん（連續不斷地）

❻ たらたら（滴滴答答）　□ら□ら（冗長）

❼ はいはい（好啦好啦）　□い□い（再見）

❽ とろとろ（黏糊糊、微弱）　□ろ□ろ（黏稠地）

❾ へとへと（精疲力盡）　□と□と（黏呼呼地）

❿ ふりふり（飄蕩貌）　□り□り（有彈性）

第10課

綜合練習8 一起來唱吧！ MP3-099

森(もり)のくまさん「森林裡的熊先生」

1. ある日(ひ)　森(もり)の中(なか)　熊(くま)さんに　出会(であ)った
   花咲(はなさ)く　森(もり)の道(みち)　熊(くま)さんに　出会(であ)った

2. 熊(くま)さんの　言(い)うことにゃ　お嬢(じょう)さん　お逃(に)げなさい
   すたこら　さっささのさ　すたこら　さっささのさ

3. ところが　熊(くま)さんが　後(あと)から　付(つ)いてくる
   とことこ　とことこ　とことこ　とことこ

4. お嬢(じょう)さん　お待(ま)ちなさい　ちょっと　落(お)とし物(もの)
   白(しろ)い　貝殻(かいがら)の　小(ちい)さな　イヤリング

5. あら　熊(くま)さん　ありがとう　お礼(れい)に　歌(うた)いましょう
   ららら　らららら　ららら　らららら

1. 某一天，我在森林裡遇見了熊先生
   在百花盛開的森林小徑，我遇見了熊先生

2. 熊先生説：小姐請快逃走吧！
   慌張快跑（沙沙沙沙）、慌張快跑（沙沙沙沙）

3. 可是，熊先生追了上來
   哧喀哧喀　哧喀哧喀　哧喀哧喀　哧喀哧喀

4. 小姐請等等，妳的東西掉了
   是白色貝殼小耳環

5. 唉呀，熊先生真是謝謝你！那我唱歌給你聽作為謝禮吧！
   啦啦啦　啦啦啦啦啦　啦啦啦　啦啦啦啦啦

生詞

1. にゃ		連体	「には」之轉音
2. であった	出会った	動	遇見了
3. おじょうさん	御嬢さん	名	小姐（對未婚年輕女性稱呼）
4. おにげなさい	お逃げなさい		請快逃吧！
5. すたこら		副	慌張快跑
6. さっさっさのさ		擬聲語	吵吵吵吵
7. ところが		接助	但是
8. ついてくる	付いて来る		尾隨而來
9. とことこ		副	（急步快走貌）哧喀哧喀
10. おとしもの	落とし物	名	掉落的東西
11. ちいさな	小さな	な形	小的
12. イヤリング	いやりんぐ：earring	名	耳環
13. あら		感	唉呀（驚訝時發出的聲音）
14. おれいに	お礼に	連語	為表謝意

問候：聽一聽，說一說！

▶ MP3-100

どうぞ。
請。

ありがとう。
謝謝。

お願_{ねが}いします。
拜託您了。

Note

「どうぞ」（請）

　　這裡所使用的「どうぞ」（請）是一種推薦、勸告的用法。譬如在請別人吃東西、讓座等時候都可以使用，使用「どうぞ」是想要促使對方趕快做你希望對方做的事情。

　　「お願いします」的使用時機，是你對他人有要求、或是希望他人做什麼事情的時候。在餐廳點餐、買東西的時候，可以使用「お願いします」來取代「ください」。

例：牛丼を一つお願いします。＝牛丼を一つください。
　　請給我一碗牛丼。

第 11 課

片假名

清音「ア行」、「カ行」、
「サ行」、「タ行」、「ナ行」

學習目標

①學習片假名的清音「ア行」～「ナ行」

②學習片假名清音「ア行」～「ナ行」的相關單字

③單字聽寫練習

④學習相對應的平假名與片假名

⑤學習「離別時的問候語」

片假名：清音「ア行」、「カ行」、「サ行」、「タ行」、「ナ行」

	あ段 a	い段 i	う段 u	え段 e	お段 o
ア行	ア	イ	ウ	エ	オ
カ行 k	カ	キ	ク	ケ	コ
サ行 s	サ	シ	ス	セ	ソ
タ行 t	タ	チ	ツ	テ	ト
ナ行 n	ナ	ニ	ヌ	ネ	ノ

片假名的使用

1. 片假名使用於來自外國的物、人、場所等名稱，或使用於要表達某些發音時，其中有80%來自英語。

例：

人名	マイケル	（Michael麥克）
地名	オーストラリア	（澳洲）
物	カレンダー	（月曆）
聲音	トントン	（咚咚聲）

2. 片假名的長音以「ー」表示。例：コーヒー（咖啡）、ヒーター（電熱器）。
3. 片假名的促音以「ッ」表示。例：マッチ（火柴）、チップ（小費）。

片假名的由來

阿	加	散	多	奈	八	末	也	良	和	尓
ア	カ	サ	タ	ナ	ハ	マ	ヤ	ラ	ワ	ン
伊	幾	之	千	仁	比	三		利	井	
イ	キ	シ	チ	ニ	ヒ	ミ		リ	(ヰ)	
宇	久	須	川	奴	不	牟	由	流		
ウ	ク	ス	ツ	ヌ	フ	ム	ユ	ル		
江	介	世	天	祢	部	女		礼	恵	
エ	ケ	セ	テ	ネ	ヘ	メ		レ	(ヱ)	
於	己	曽	止	乃	保	毛	與	呂	乎	
オ	コ	ソ	ト	ノ	ホ	モ	ヨ	ロ	ヲ	

第 11 課

ア行

書寫練習

字源	阿 a	ア	ア	ア ア ア ア
字源	伊 i	イ	イ	イ イ イ イ
字源	宇 u	ウ	ウ	ウ ウ ウ ウ
字源	江 e	エ	エ	エ エ エ エ
字源	於 o	オ	オ	オ オ オ オ

練習 I 🔊 MP3-101

請將聽到的發音，依序填入表格中。

例

ア	イ	ウ

❶

❷

❸

❹

❺

❻

❼

❽

❾

❿

第11課

カ行

書寫練習

字源	加	カ
發音	ka	

字源	幾	キ
發音	ki	

字源	久	ク
發音	ku	

字源	介	ケ
發音	ke	

字源	己	コ
發音	ko	

練習2　MP3-102

請將聽到的發音，依序填入表格中。

例： | ア | イ | ウ |

❶ | | | |

❷ | | | |

❸ | | | |

❹ | | | |

❺ | | | |

練習3　MP3-103

請聽音檔，並寫下聽到的答案，然後試著讀讀看。

❶ ☐ッ☐ウ
cuckoo 布穀鳥

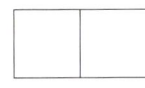

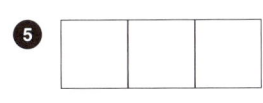

❷ ☐ウイ
kiwi 奇異果

❸ ☐ア
core 核心

❹ オー☐
oak 橡樹

❺ ☐ア
care 照顧

練習4　MP3-104

請聽音檔，並寫下聽到的答案，然後試著讀讀看。

❶ ☐☐
car 車子

❷ ☐☐☐
cake 蛋糕

❸ ☐☐☐
kok（荷）廚師

❹ ☐☐
eco 環保

❺ ☐☐☐
kick 踢

第11課

サ行

書寫練習

字源	發音			
散	sa	サ	サ	サ サ サ サ
之	shi	シ	シ	シ シ シ シ
須	su	ス	ス	ス ス ス ス
世	se	セ	セ	セ セ セ セ
曾	so	ソ	ソ	ソ ソ ソ ソ

練習5

MP3-105

請將聽到的發音，依序填入表格中。

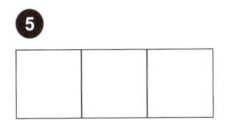

例 | ア | イ | ウ

❶ ☐☐☐　❷ ☐☐☐
❸ ☐☐☐　❹ ☐☐☐　❺ ☐☐☐

練習6

MP3-106

請聽音檔，並寫下聽到的答案，然後試著讀讀看。

❶ ☐キー　ski 滑雪

❷ ☐ッカー　soccer 足球

❸ ☐ー☐ー　*沖繩風獅爺
*「獅子」的沖繩語

❹ ☐ック☐　socks 襪子

練習7

MP3-107

請聽音檔，並寫下聽到的答案，然後試著讀讀看。

❶ ☐☐☐☐　seesaw 蹺蹺板

❷ ☐☐☐　ice 冰

❸ ☐☐☐☐　sexy 性感的

❹ ☐☐☐☐　circus 馬戲團

— 135 —

タ行

書寫練習

字源 / 發音			
多 ta	タ	タ	タ タ タ タ
千 chi	チ	チ	チ チ チ チ
川 tsu	ツ	ツ	ツ ツ ツ ツ
天 te	テ	テ	テ テ テ テ
止 to	ト	ト	ト ト ト ト

練習8　MP3-108

請將聽到的發音，依序填入表格中。

例：| ア | イ | ウ |

1. | | | |
2. | | | |
3. | | | |
4. | | | |
5. | | | |

練習9　MP3-109

請聽音檔，並寫下聽到的答案，然後試著讀讀看。

1. スー□
   suits 西裝

2. セー□ー
   sweater 毛衣

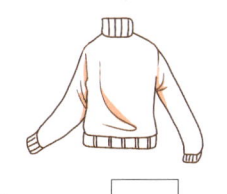

3. ス□ーキ
   steak 牛排

4. □クシー
   taxi 計程車

5. □ー□ー
   cheetah 印度豹

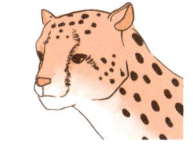

第11課

練習10 ▶ MP3-110

請聽音檔,並寫下聽到的答案,然後試著讀讀看。

1

sweets 糖果

2

skirt 裙子

3

cheek 臉頰

4

test 考試

5

Thai(land) 泰國

ナ行

書寫練習

字源	發音		
奈	na	ナ	ナ
二	ni	ニ	ニ
奴	nu	ヌ	ヌ
祢	ne	ネ	ネ
乃	no	ノ	ノ

練習11　MP3-111

請將聽到的發音，依序填入表格中。

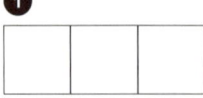

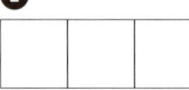

例
| ア | イ | ウ |

❶
| | | |

❷
| | | |

❸
| | | |

❹
| | | |

❺
| | | |

練習12　MP3-112

請聽音檔，並寫下聽到的答案，然後試著讀讀看。

❶ ス□ーカー
sneakers 運動鞋

❷ □ート
note(book) 筆記本

❸ □ット
Net 網路

❹ サウ□
sauna 三溫暖

練習13　MP3-113

請聽音檔，並寫下聽到的答案，然後試著讀讀看。

❶ |　|　|　|　|
necktie 領帶

❷ |　|　|　|
owner 擁有者

❸ |　|　|　|
knock 敲

— 140 —

應用練習

應用練習1 連連看

將相同發音的平假名與片假名連起來。

例	❶	❷	❸	❹	❺	❻	❼	❽	❾	❿
あ	し	い	す	の	お	か	つ	ね	う	ち

ア　ス　カ　ネ　シ　ウ　チ　オ　イ　ツ　ノ

應用練習2 聽聽看

MP3-114

請聽音檔，選出正確的答案，並且寫在方框中。

例 [ウ]　a. ア　　ⓑ. ウ　　c. ソ

❶ [　]　a. シ　　b. テ　　c. ツ

❷ [　]　a. ケ　　b. ナ　　c. チ

❸ [　]　a. ス　　b. ヌ　　c. ク

❹ [　]　a. ソ　　b. ノ　　c. イ

❺ [　]　a. チ　　b. テ　　c. サ

應用練習3 排排看

請依照ア段到オ段的順序將下列片假名重新排序。

例 う・お・あ・え・い → | あ | い | う | え | お |

❶ オ・エ・ウ・ア・イ → | | | | | |

❷ コ・ク・カ・キ・ケ → | | | | | |

❸ セ・ス・サ・ソ・シ → | | | | | |

❹ チ・ト・テ・ツ・タ → | | | | | |

❺ ネ・ヌ・ナ・ノ・ニ → | | | | | |

應用練習4 聽一聽、寫一寫　▶ MP3-115

請聽音檔，並寫下聽到的單字。

❶ | | | |　kiwi 奇異果

❷ | | | | |　sauna 三溫暖

❸ | | | |　ski 滑雪

❹ | | | |　ice 冰

❺ | | | | |　note(book) 筆記本

❻ | | | | |　taxi 計程車

❼ | | | | |　soccer 足球

❽ | | | |　care 照顧

❾ | | | | |　steak 牛排

問候：聽一聽，說一說！

MP3-116

学校で 在學校

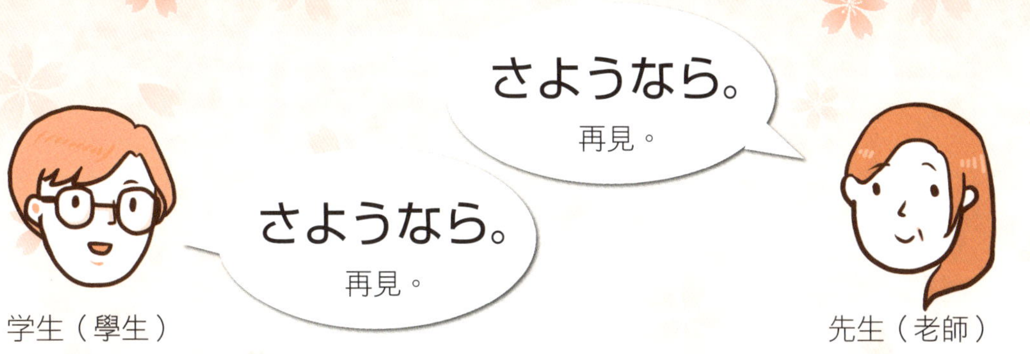

学生（學生）：さようなら。
先生（老師）：さようなら。
再見。

学生（學生）：じゃあね。
再見。
学生（學生）：バイバイ。
再見。

Note

「さようなら」（再見）

　　一般教科書中所寫之分開時的問候語都為「さようなら」（再見），然而實際生活中「さようなら」大概只用在下課時對老師的問候。對朋友或親近的人則會使用「じゃあまた」（那麼，再見）、「じゃあね」（再見）、「またね」（再見）、「バイバイ」（Bye bye）等。「じゃあ、また……」的意思是「那麼，……再見」，例如：「じゃあ、また明日」（那麼，明天見）、「じゃあ、また来週」（那麼，下週見）、「じゃあ、また月曜日」（那麼，星期一見）等等。但是在日語中，離別的時候也可以只說「じゃあまた」，其功能與中文「再見」的意思是相同的，甚至只要說「じゃあ（ね）」或是「また（ね）」就可以了，三者意思皆相同，都表示「再見」。

— 143 —

会社で 在公司

> お先に失礼します。
> 不好意思，我先行離開了。

同僚（同事）　　　　　同僚（同事）

Note

「お先に失礼します」（我先失陪了）

　　在學校以外，分離時大多會使用「暫くの別れ」（暫時性的離別）、「次いつ会えるか分からない」（不知道下次什麼時候再見）、「二度と会わない」（不會再相見）等用語。至於職場上若自己要先離開公司時，會說「お先に失礼します」（我先失陪了）、「それでは失礼します」（那麼我失陪了）等。

第 12 課

片假名

清音「ハ行」、「マ行」、
「ヤ行」、「ラ行」、「ワ・ヲ・ン」

學習目標

①學習片假名的清音「ハ行」～「ラ行」,以及「ワ・ヲ・ン」
②學習片假名的清音「ハ行」～「ラ行」,以及「ワ・ヲ・ン」的相關單字
③單字聽寫練習
④學習相對應的平假名與片假名
⑤學習「道歉時的用語」

片假名:清音「ハ行」、「マ行」、「ヤ行」、「ラ行」、「ワ・ヲ・ン」

	あ段 a	い段 i	う段 u	え段 e	お段 o
ハ行 h	ハ	ヒ	フ	ヘ	ホ
マ行 m	マ	ミ	ム	メ	モ
ヤ行 y	ヤ		ユ		ヨ
ラ行 r	ラ	リ	ル	レ	ロ
ワ行 w	ワ				ヲ
	ン				

ハ行

書寫練習

字源	發音						
八	ha	ハ	ハ	ハ	ハ	ハ	ハ
比	hi	ヒ	ヒ	ヒ	ヒ	ヒ	ヒ
不	fu	フ	フ	フ	フ	フ	フ
部	he	へ	へ	へ	へ	へ	へ
保	ho	ホ	ホ	ホ	ホ	ホ	ホ

練習 1 ▶ MP3-117

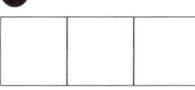

請將聽到的發音，依序填入表格中。

例
| ア | イ | ウ |

❶
| | | |

❷
| | | |

❸
| | | |

❹
| | | |

❺
| | | |

練習 2 ▶ MP3-118

請聽音檔，並寫下聽到的答案，然後試著讀讀看。

❶ ☐ ック
hook 鉤子

❷ ☐ ット
hot 熱的

❸ ☐ ート
heart 心

❹ ☐ ーター
heater 暖爐

❺ ☐ ッチ ☐ イク
hitchhike 搭便車

練習 3 ▶ MP3-119

請聽音檔，並寫下聽到的答案，然後試著讀讀看。

❶ ☐☐
hair 頭髮

❷ ☐☐☐
hat 帽子

❸ ☐☐☐
hose 水管

❹ ☐☐☐
Tahiti 大溪地

第12課

マ行

書寫練習

字源 / 發音			
末 / ma	マ	マ	ママママ
三 / mi	ミ	ミ	ミミミミ
牟 / mu	ム	ム	ムムムム
女 / me	メ	メ	メメメメ
毛 / mo	モ	モ	モモモモ

練習 4　　　　　　　　　　　　　　　　　　　　MP3-120

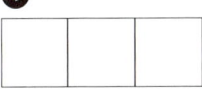

請將聽到的發音，依序填入表格中。

例：| ア | イ | ウ |

❶ ☐☐☐　　❷ ☐☐☐
❸ ☐☐☐　　❹ ☐☐☐　　❺ ☐☐☐

練習 5　　　　　　　　　　　　　　　　　　　　MP3-121

請聽音檔，並寫下聽到的答案，然後試著讀讀看。

❶ ☐ッチ
match 火柴

❷ ☐ッキー ☐ウス
Mickey Mouse 米老鼠

❸ タイ☐
time 時間

❹ ☐イク
make 化妝

❺ ☐ーター
motor 馬達

練習 6　　　　　　　　　　　　　　　　　　　　MP3-122

請聽音檔，並寫下聽到的答案，然後試著讀讀看。

❶ ☐☐
memo 筆記

❷ ☐☐☐
mic(rophone) 麥克風

❸ ☐☐☐☐
monitor 監視器

❹ ☐☐☐
mouse（電腦）滑鼠

❺ ☐☐☐☐
mini car 迷你車

第12課

ヤ行

書寫練習

字源	發音						
也	ya	ヤ	ヤ	ヤ	ヤ	ヤ	ヤ
由	yu	ユ	ユ	ユ	ユ	ユ	ユ
與	yo	ヨ	ヨ	ヨ	ヨ	ヨ	ヨ

練習7　▶ MP3-123

請將聽到的發音，依序填入表格中。

例：| ア | イ | ウ |

❶ 　　　　　❷

❸ 　　　❹ 　　　❺

練習8　　　　　　　　　　　　　　　　MP3-124

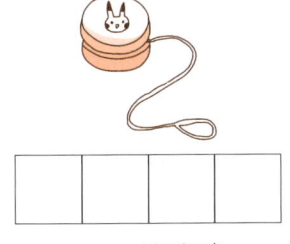

請聽音檔,並寫下聽到的答案,然後試著讀讀看。

1 タイ□　tire 輪胎

2 □ット　yacht 快艇

3 □ッホー　＊呀呼

＊山谷的回音,是給其他登山朋友的一種信號。

4 □ッケ　(韓)生拌牛肉

練習9　　　　　　　　　　　　　　　　MP3-125

請聽音檔,並寫下聽到的答案,然後試著讀讀看。

1 yoyo 溜溜球

2 Toyota 豐田

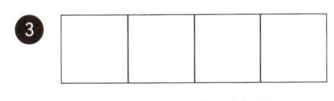

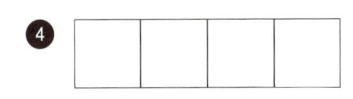

3 unique 獨特的

4 KAYAC

— 151 —

ラ行

書寫練習

字源	發音						
良	ra	ラ	ラ	ラ	ラ	ラ	ラ
利	ri	リ	リ	リ	リ	リ	リ
流	ru	ル	ル	ル	ル	ル	ル
礼	re	レ	レ	レ	レ	レ	レ
呂	ro	ロ	ロ	ロ	ロ	ロ	ロ

⚠ 小叮嚀：注意比較這些片假名的差異！

シ ツ　ソ ン　ヨ ヲ　コ ロ　ル レ

練習 10　　MP3-126

請將聽到的發音，依序填入表格中。

例：| ア | イ | ウ |

① ☐☐☐　② ☐☐☐

③ ☐☐☐　④ ☐☐☐　⑤ ☐☐☐

練習 11　　MP3-127

請聽音檔，並寫下聽到的答案，然後試著讀讀看。

① ☐ ーメン　ramen 拉麵

② ☐ ック　rock 搖滾樂

③ ミ ☐ ク　milk 牛奶

④ ☐ ット ☐　liter 公升

⑤ イーメー ☐　e-mail 電子郵件

⑥ フカヒ ☐　＊魚翅

＊在江戶時代，長崎地區稱「鯊魚」為「フカ」，而「魚翅」是鯊魚的「ひれ」（鰭），所以被稱作「フカひれ」。

⑦ ヤク ☐ ト　＊Yakult 養樂多

＊公司名稱，主要販售食品和飲料，也有製作及販賣化妝、醫療用品等等。

⑧ フ ☐ ーツ　fruit 水果

練習12　　　MP3-128

請聽音檔，並寫下聽到的答案，然後試著讀讀看。

1 litchi 荔枝

2 curry rice 咖哩飯

3 hotel 旅館

4 camera 相機

5 ice cream 冰淇淋

ワ・ヲ・ン

書寫練習

字源	發音						
和	wa	ワ	ワ	ワ	ワ	ワ	ワ
乎	wo	ヲ	ヲ	ヲ	ヲ	ヲ	ヲ
尔	n	ン	ン	ン	ン	ン	ン

⚠ 小叮嚀：片假名相似字

[シーツ] [ソーン] [ヨーヲ] [コーロ] [ルーレ]

練習13

▶ MP3-129

請將聽到的發音，依序填入表格中。

例 | ア | イ | ウ |

❶ | | | |

❷ | | | |

❸ | | | |

❹ | | | |

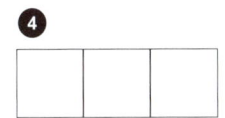

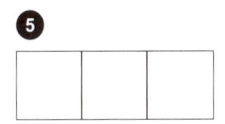

❺ | | | |

練習14　MP3-130

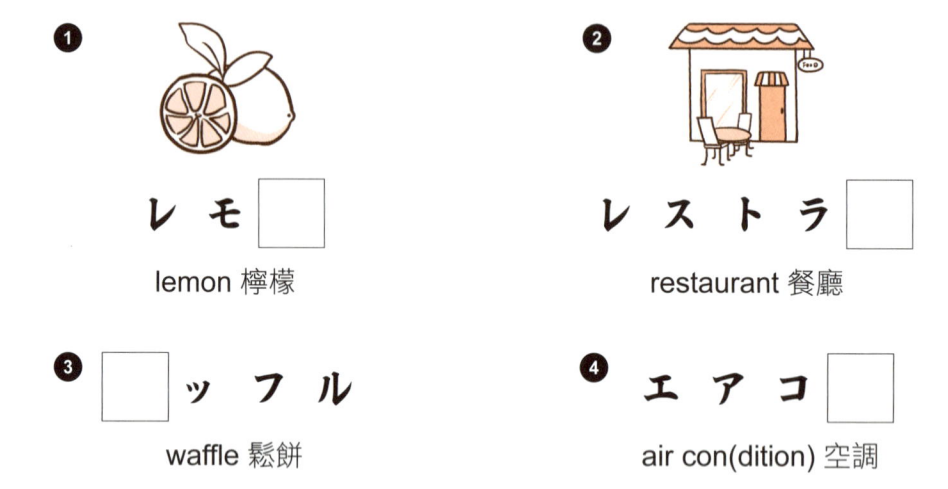

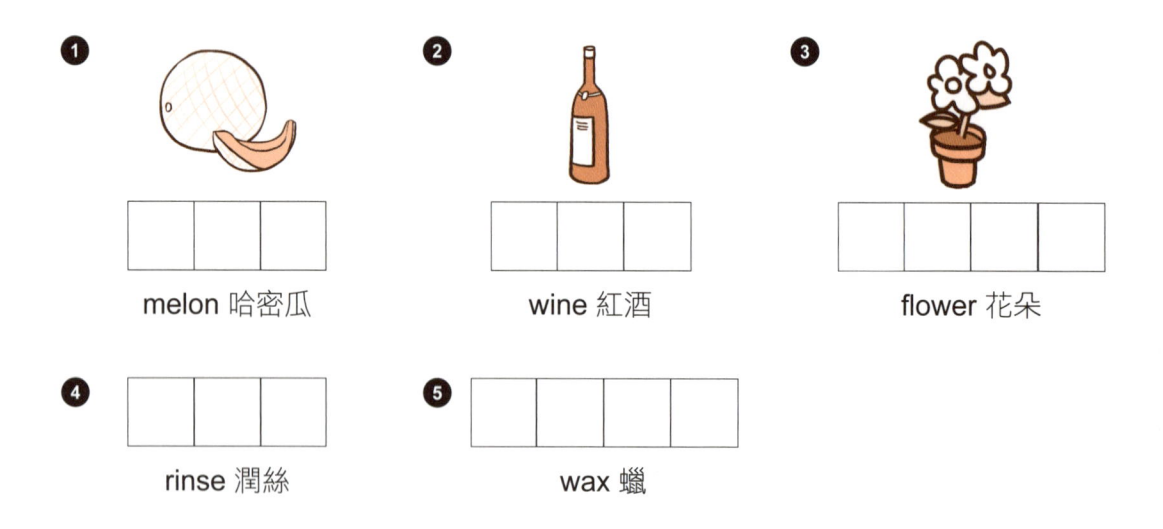

請聽音檔，並寫下聽到的答案，然後試著讀讀看。

❶ レモ□
lemon 檸檬

❷ レストラ□
restaurant 餐廳

❸ □ッフル
waffle 鬆餅

❹ エアコ□
air con(dition) 空調

練習15　MP3-131

請聽音檔，並寫下聽到的答案，然後試著讀讀看。

❶ □□□
melon 哈密瓜

❷ □□□
wine 紅酒

❸ □□□
flower 花朵

❹ □□□
rinse 潤絲

❺ □□□
wax 蠟

應用練習

應用練習 1 連連看

將相同發音的平假名與片假名連起來。

	平假名		片假名
例	あ —	—	ア
1	ん ·	·	ホ
2	を ·	·	ヤ
3	わ ·	·	ロ
4	ま ·	·	ワ
5	ほ ·	·	ン
6	め ·	·	ヒ
7	ろ ·	·	メ
8	ひ ·	·	ル
9	や ·	·	マ
10	る ·	·	ヲ

應用練習2 聽聽看　▶ MP3-132

請聽音檔，選出正確的答案，並且寫在方框中。

例 [ウ]　a. ア　　(b.) ウ　　c. ソ

❶ [　]　a. マ　　b. モ　　c. ム

❷ [　]　a. ユ　　b. ヨ　　c. ヲ

❸ [　]　a. オ　　b. ホ　　c. ナ

❹ [　]　a. メ　　b. ル　　c. レ

❺ [　]　a. ソ　　b. メ　　c. ン

應用練習3 擬聲、擬態語　▶ MP3-133

請聽音檔，並將聽到的答案填入方框中。

❶ [　]ク[　]ク
歡欣雀躍

❷ [　][　][　][　]
刺痛

❸ ノ[　]ノ[　]
慢吞吞

❹ [　]シ[　]シ
悶熱

❺ ツ[　]ツ[　]
滑溜

❻ サ[　]サ[　]
嘩啦嘩啦

應用練習4 聽一聽、寫一寫　　MP3-134

請聽音檔,並寫下聽到的單字。

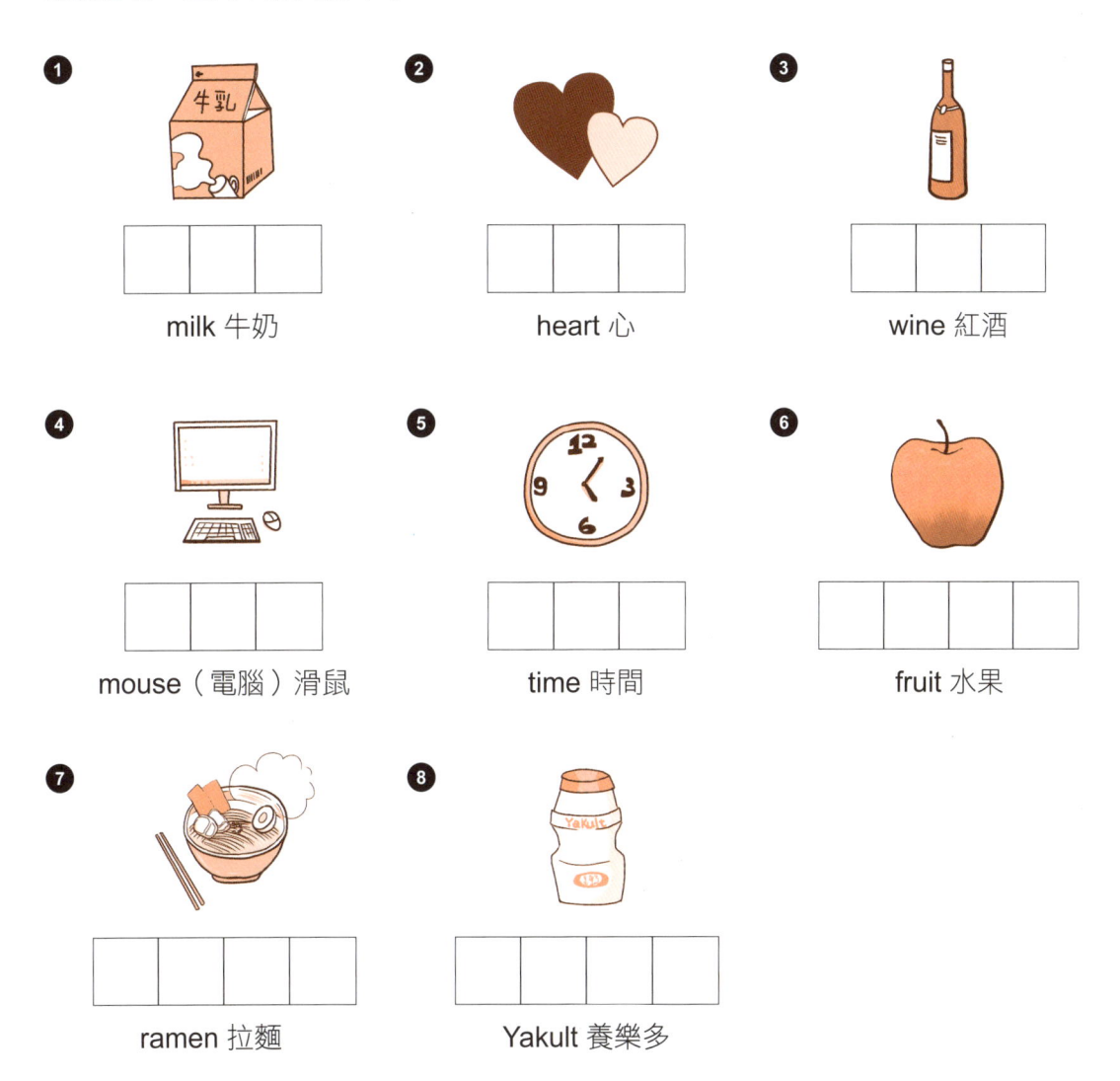

❶ milk 牛奶

❷ heart 心

❸ wine 紅酒

❹ mouse（電腦）滑鼠

❺ time 時間

❻ fruit 水果

❼ ramen 拉麵

❽ Yakult 養樂多

問候：聽一聽，說一說！

🔊 MP3-135

こども（小孩）：ごめんなさい。
對不起。
母さん（媽媽）

学生（學生）：すみません。
對不起。
先生（老師）

部下（下屬）：申し訳ありません。
對不起。
上司（老闆）

Note

「ごめんなさい」（對不起）

以上不論哪一句，都是賠罪的用語。對朋友、家人、親密的人時，經常使用「ごめん」（對不起）、「ごめんなさい」（對不起）；對於不親、不熟的對象或是長輩時，經常會使用「すみません」（對不起）、「申し訳ありません」（對不起）。在商業場合之中，使用「申し訳ありません」會比較妥當。另外，「すいません」是「すみません」的口語用法。

第 13 課

片假名

濁音、半濁音
「ガ行」～「バ行」、「パ行」

學習目標

①學習片假名的濁音「ガ行」～半濁音「パ行」
②學習片假名濁音「ガ行」～半濁音「パ行」的相關單字
③用聽力方式複習已經學過的單字
④學習使用片假名有關水果、食物、飲料的單字
⑤學習「如何向他人推薦東西」與「拒絕他人的推薦」

片假名濁音「ガ行」、「ザ行」、「ダ行」、「バ行」、半濁音「パ行」：

	あ段 a	い段 i	う段 u	え段 e	お段 o
ガ行 g	ガ	ギ	グ	ゲ	ゴ
ザ行 z	ザ	ジ	ズ	ゼ	ゾ
ダ行 d	ダ	ヂ	ヅ	デ	ド
バ行 b	バ	ビ	ブ	ベ	ボ
パ行 p	パ	ピ	プ	ペ	ポ

ガ行

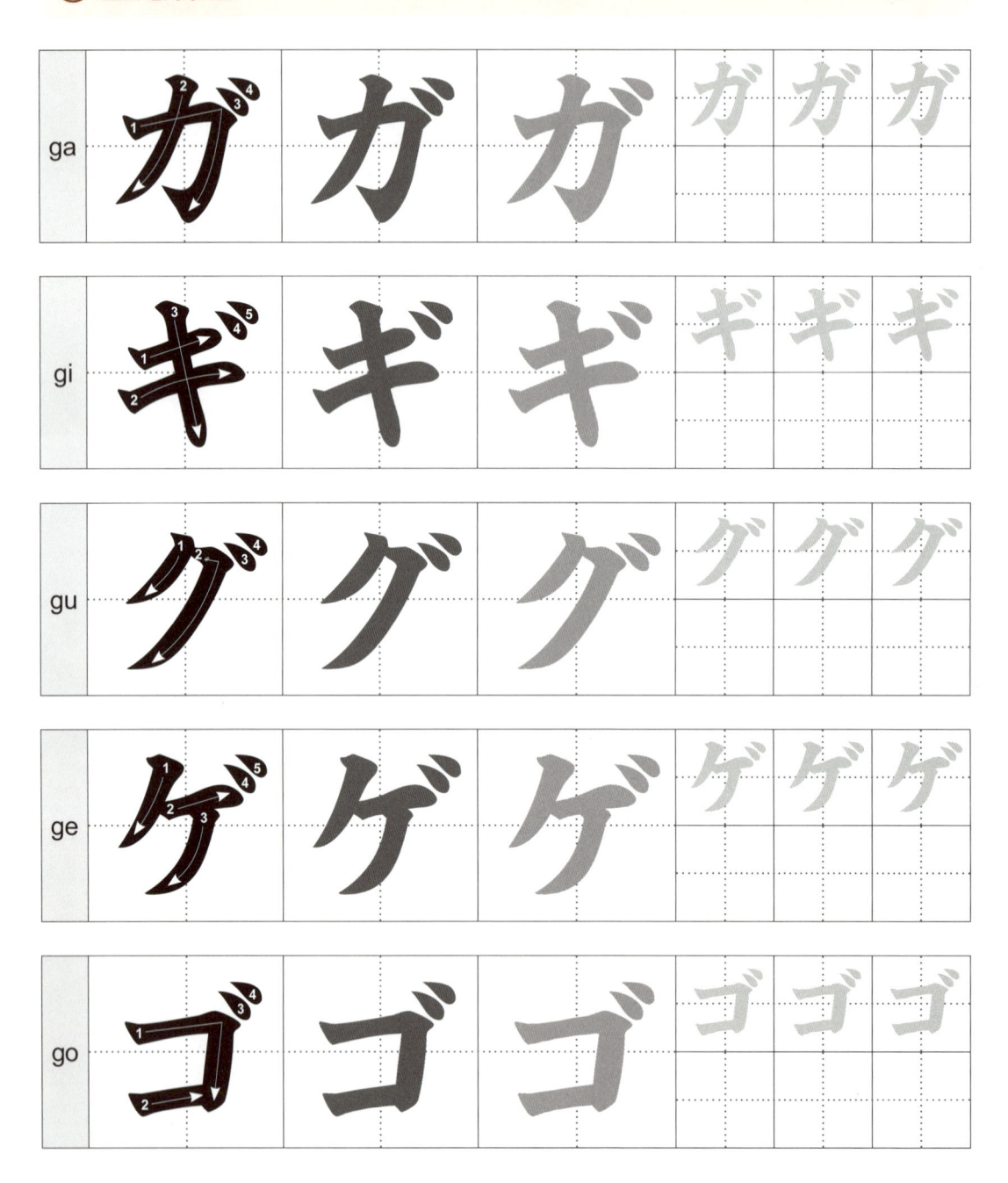

書寫練習

ga	ガ	ガ	ガ	ガ	ガ	ガ
gi	ギ	ギ	ギ	ギ	ギ	ギ
gu	グ	グ	グ	グ	グ	グ
ge	ゲ	ゲ	ゲ	ゲ	ゲ	ゲ
go	ゴ	ゴ	ゴ	ゴ	ゴ	ゴ

練習1　MP3-136

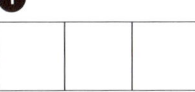

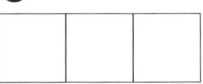

請將聽到的發音，依序填入表格中。

例：| ア | イ | ウ |

1. | | | |
2. | | | |
3. | | | |
4. | | | |
5. | | | |

練習2

請寫出平假名所對應的片假名。

1. 平假名 ぎ → 片假名 ☐
2. 平假名 ご → 片假名 ☐
3. 平假名 ぐ → 片假名 ☐
4. 平假名 が → 片假名 ☐
5. 平假名 げ → 片假名 ☐

練習3　MP3-137

請聽音檔，並寫下聽到的答案，然後試著讀讀看。

1. ☐ ター　guitar 吉他
2. ☐ ム　gum 口香糖
3. ☐ ルフ　golf 高爾夫
4. ☐ ーム　game 遊戲
5. ☐ ラス　glass 玻璃杯

第13課

ザ行

書寫練習

za	ザ	ザ	ザ	ザ	ザ	ザ
ji	ジ	ジ	ジ	ジ	ジ	ジ
zu	ズ	ズ	ズ	ズ	ズ	ズ
ze	ゼ	ゼ	ゼ	ゼ	ゼ	ゼ
zo	ゾ	ゾ	ゾ	ゾ	ゾ	ゾ

練習4

MP3-138

請將聽到的發音，依序填入表格中。

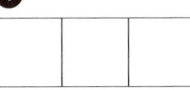

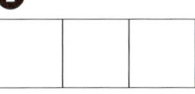

例 | ア | イ | ウ

❶ ☐☐☐ ❷ ☐☐☐
❸ ☐☐☐ ❹ ☐☐☐ ❺ ☐☐☐

練習5

請寫出平假名所對應的片假名。

❶ 平假名 ぞ → 片假名 ☐
❷ 平假名 ざ → 片假名 ☐
❸ 平假名 じ → 片假名 ☐
❹ 平假名 ず → 片假名 ☐
❺ 平假名 ぜ → 片假名 ☐

練習6

MP3-139

請聽音檔，並寫下聽到的答案，然後試著讀讀看。

❶ 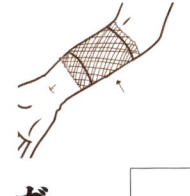 ガー☐
gauze 紗布

❷ 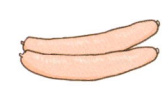 ソーセー☐
sausage 香腸

❸ 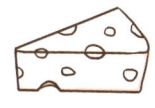 チー☐
cheese 起司

❹ ☐ロ
zero 零

❺ ロッ☐
lodge 山中小屋

— 165 —

ダ行

書寫練習

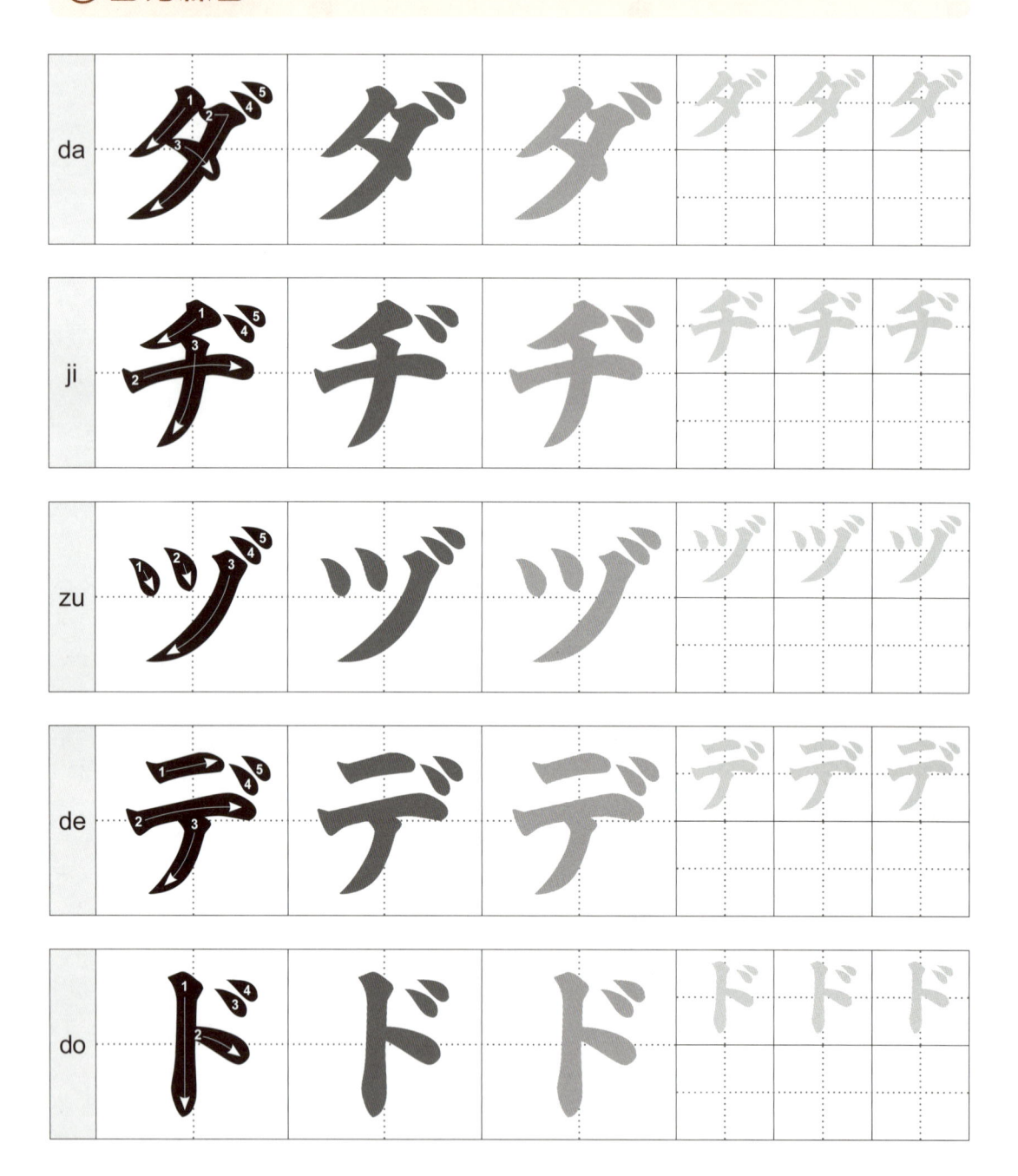

da	ダ	ダ	ダ	ダ	ダ	ダ
ji	ヂ	ヂ	ヂ	ヂ	ヂ	ヂ
zu	ヅ	ヅ	ヅ	ヅ	ヅ	ヅ
de	デ	デ	デ	デ	デ	デ
do	ド	ド	ド	ド	ド	ド

練習7　MP3-140

請將聽到的發音，依序填入表格中。

例：| ア | イ | ウ |

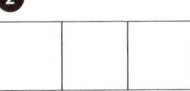

① ☐ ☐ ☐　② ☐ ☐ ☐

③ ☐ ☐ ☐　④ ☐ ☐ ☐　⑤ ☐ ☐ ☐

練習8

請寫出平假名所對應的片假名。

① 平假名　片假名
ぢ → ☐

② 平假名　片假名
で → ☐

③ 平假名　片假名
ど → ☐

④ 平假名　片假名
だ → ☐

⑤ 平假名　片假名
づ → ☐

練習9　MP3-141

請聽音檔，並寫下聽到的答案，然後試著讀讀看。

① ☐ ラマ
drama 電視劇

② ☐ イヤモン ☐
diamond 鑽石

③ ☐ クター
doctor 醫生

④ ☐ ート
date 約會

⑤ ヌー ☐
nude 裸體（像）

第13課

— 167 —

バ行

書寫練習

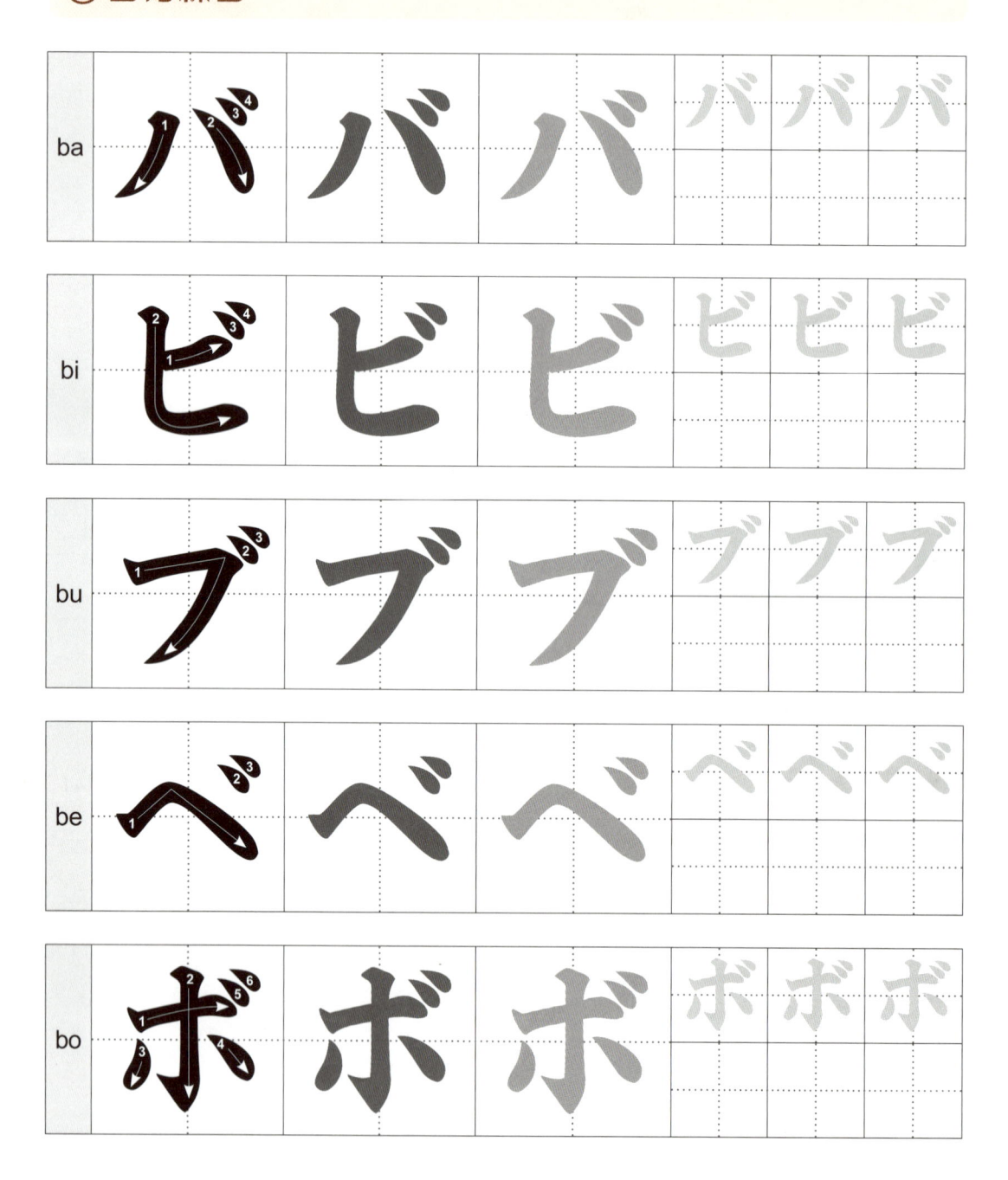

ba	バ	バ	バ	バ	バ	バ
bi	ビ	ビ	ビ	ビ	ビ	ビ
bu	ブ	ブ	ブ	ブ	ブ	ブ
be	ベ	ベ	ベ	ベ	ベ	ベ
bo	ボ	ボ	ボ	ボ	ボ	ボ

練習10 　MP3-142

請將聽到的發音，依序填入表格中。

例： ア イ ウ

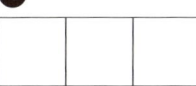

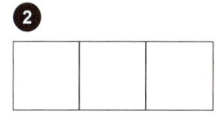

❶ ❷ ❸ ❹ ❺

練習11

請寫出平假名所對應的片假名。

❶ 平假名 び → 片假名 □

❷ 平假名 べ → 片假名 □

❸ 平假名 ば → 片假名 □

❹ 平假名 ぼ → 片假名 □

❺ 平假名 ぶ → 片假名 □

練習12 　MP3-143

請聽音檔，並寫下聽到的答案，然後試著讀讀看。

❶ □ート
boat 船

❷ □ール
beer 啤酒

❸ □ナナ
banana 香蕉

❹ □ログ
blog 部落格

❺ □ッド
bed 床

第13課

パ行

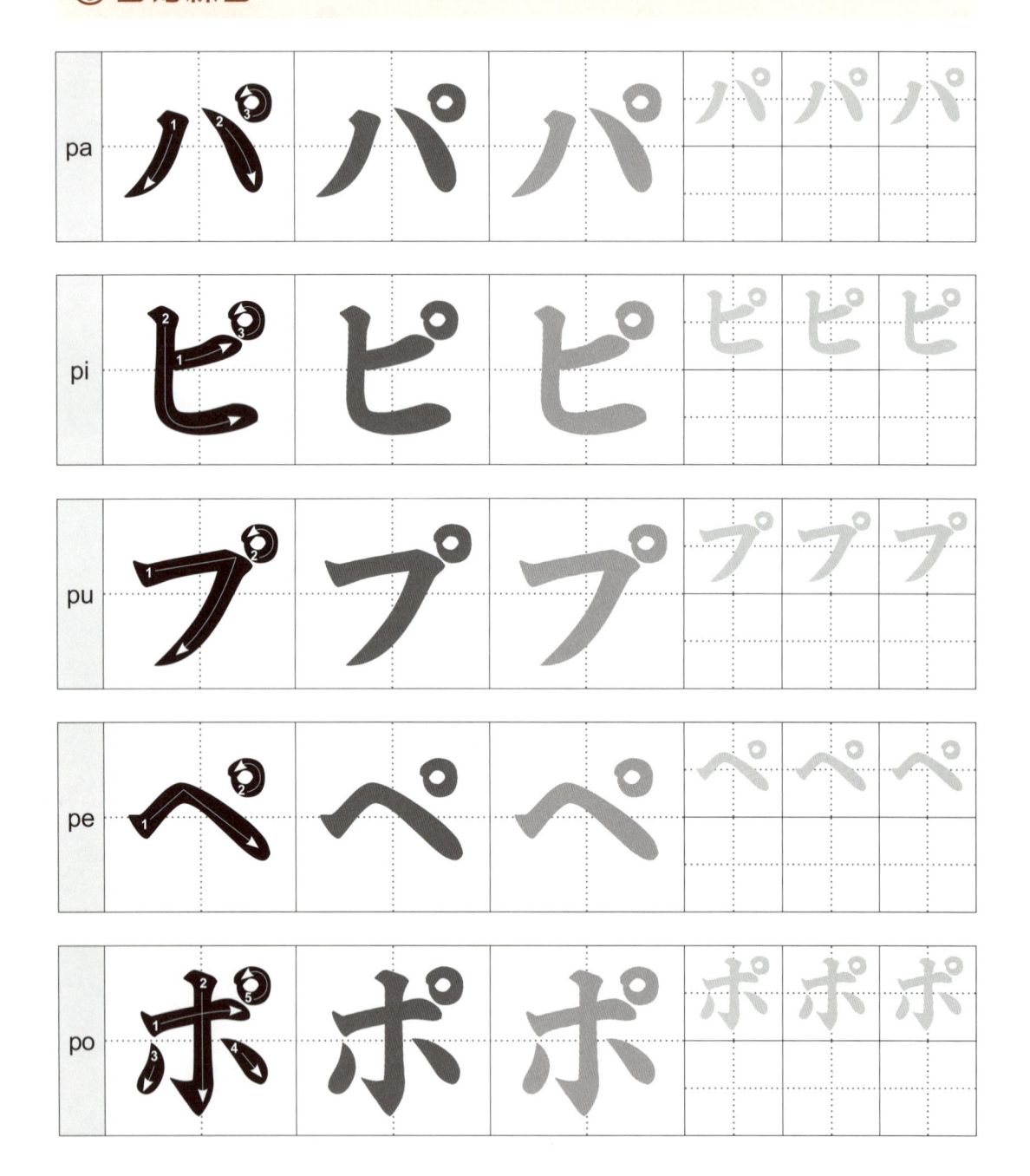

書寫練習

pa	パ	パ	パ	パ	パ	パ
pi	ピ	ピ	ピ	ピ	ピ	ピ
pu	プ	プ	プ	プ	プ	プ
pe	ペ	ペ	ペ	ペ	ペ	ペ
po	ポ	ポ	ポ	ポ	ポ	ポ

練習 13

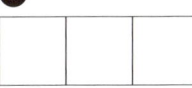

MP3-144

請將聽到的發音，依序填入表格中。

例： | ア | イ | ウ |

❶ | | | |
❷ | | | |
❸ | | | |
❹ | | | |
❺ | | | |

練習 14

請寫出平假名所對應的片假名。

❶ 平假名 ぷ → 片假名 ☐

❷ 平假名 ぽ → 片假名 ☐

❸ 平假名 ぱ → 片假名 ☐

❹ 平假名 ぴ → 片假名 ☐

❺ 平假名 ぺ → 片假名 ☐

練習 15

MP3-145

請聽音檔，並寫下聽到的答案，然後試著讀讀看。

❶ ☐ ン
pão（葡）麵包

❷ ☐ ッ ト
pet 寵物

❸ ☐ ア ノ
piano 鋼琴

❹ ☐ レ ゼ ン ト
present 禮物

❺ ☐ ケ ッ ト
pocket 口袋

— 171 —

應用練習

應用練習Ⅰ 連連看

將相同發音的平假名與片假名連起來。

例　あ ・――――――――――――――――――・ ア
① ぱ ・　　　　　　　　　　　　　　　　　・ ド
② ず ・　　　　　　　　　　　　　　　　　・ ビ
③ ど ・　　　　　　　　　　　　　　　　　・ ポ
④ ぎ ・　　　　　　　　　　　　　　　　　・ パ
⑤ じ ・　　　　　　　　　　　　　　　　　・ ゴ
⑥ ぽ ・　　　　　　　　　　　　　　　　　・ ジ
⑦ ぜ ・　　　　　　　　　　　　　　　　　・ デ
⑧ で ・　　　　　　　　　　　　　　　　　・ ズ
⑨ ご ・　　　　　　　　　　　　　　　　　・ ギ
⑩ び ・　　　　　　　　　　　　　　　　　・ ゼ

應用練習2 這是什麼水果呢？　▶ MP3-146

請在閱讀後選出對應的圖案，並將英語代號填入括號中。

フルーツ 水果

❶ マンゴー　　（　　）　　❷ バナナ（　　）

❸ パイナップル（　　）　　❹ レモン（　　）

❺ ライチ　　　（　　）　　❻ キウイ（　　）

❼ グレープ　　（　　）　　❽ メロン（　　）

❾ オレンジ　　（　　）

A 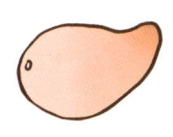　　　B 　　　C 　　　D 　　　E

F 　　　G 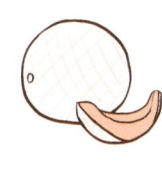　　　H 　　　I

應用練習3 這是什麼食物呢？　MP3-147

請在閱讀後選出對應的圖案，並將英語代號填入括號中。

食べ物 食物

❶ トマト　　　　　　（　）　❷ ポテト　　　　　　（　）

❸ ラーメン　　　　　（　）　❹ プリン　　　　　　（　）

❺ サンドイッチ　　　（　）　❻ ステーキ　　　　　（　）

❼ アイスクリーム　（　）　❽ ケーキ　　　　　　（　）

❾ ハンバーガー　　　（　）　❿ ピザ　　　　　　　（　）

⓫ サラダ　　　　　　（　）　⓬ カレーライス（　）

A　　B　　C　　D

E　　F　　G　　H

I　　J　　K　　L

應用練習4 這是什麼飲料呢？　MP3-148

請在閱讀後選出對應的圖案，並將英語代號填入括號中。

飲み物 飲料

1. コーヒー　（　　）
2. ウーロン茶（　　）
3. ビール　　（　　）
4. ワイン　　（　　）
5. ウイスキー（　　）
6. コーラ　　（　　）
7. ミルク　　（　　）
8. ココア　　（　　）
9. カルピス　（　　）

A　B　C　D　E

F　G　H　I

— 175 —

問候：聽一聽，說一說！

MP3-149

コーヒーは　どうですか。
要喝咖啡嗎？

いいえ、結構（けっこう）です。
不用了，謝謝。

コーヒーは　いかがですか。
請問您要喝咖啡嗎？

はい、お願（ねが）いします。
好的，麻煩了。

Note

「どうですか」（如何呢？）

　　這裡的「～（は）、どうですか」（～如何呢？）是一種向他人推薦東西時會用到的文型。「いかがですか」（如何呢？）跟「どうですか」（如何呢？）意思相同，但是「いかがですか」更為禮貌。另外，想請問他人任何意見或是想法時，會使用「～はどうですか」文型。

　　當你被他人推薦東西而想拒絕時，雖然可以說「結構（けっこう）です」（不用），但是這種表達方式比較曖昧，所以使用「結構（けっこう）です」的時候，前面最好加上「いいえ」（不），再搭配肢體語言、手勢、語調或是表情，就能讓對方知道你真正想表達的意思了。

第 14 課

片假名

拗音

學習目標

①學習片假名的「拗音」
②學習片假名拗音的相關單字
③用聽力方式來複習已經學過的單字
④學習簡單「稱讚對方衣裝」的説法
⑤學習「在咖啡廳點餐」的會話
⑥學習「迎接客人的招呼用語」

片假名：清音「拗音」

	イ段＋「ャ」ya		イ段＋「ュ」yu		イ段＋「ョ」yo	
カ行・キ k	kya	キャ	kyu	キュ	kyo	キョ
サ行・シ sh	sha	シャ	shu	シュ	sho	ショ
タ行・チ ch	cha	チャ	chu	チュ	cho	チョ
ナ行・ニ n	nya	ニャ	nyu	ニュ	nyo	ニョ
ハ行・ヒ h	hya	ヒャ	hyu	ヒュ	hyo	ヒョ
マ行・ミ m	mya	ミャ	myu	ミュ	myo	ミョ
ラ行・リ r	rya	リャ	ryu	リュ	ryo	リョ

片假名：濁音、半濁音「拗音」

	イ段＋「ャ」ya		イ段＋「ュ」yu		イ段＋「ョ」yo	
ガ行・ギ g	gya	ギャ	gyu	ギュ	gyo	ギョ
ザ行・ジ j	ja	ジャ	ju	ジュ	jo	ジョ
ダ行・ヂ j	ja	ヂャ	ju	ヂュ	jo	ヂョ
バ行・ビ b	bya	ビャ	byu	ビュ	byo	ビョ
パ行・ピ p	pya	ピャ	pyu	ピュ	pyo	ピョ

清音：「カ行」、「サ行」拗音

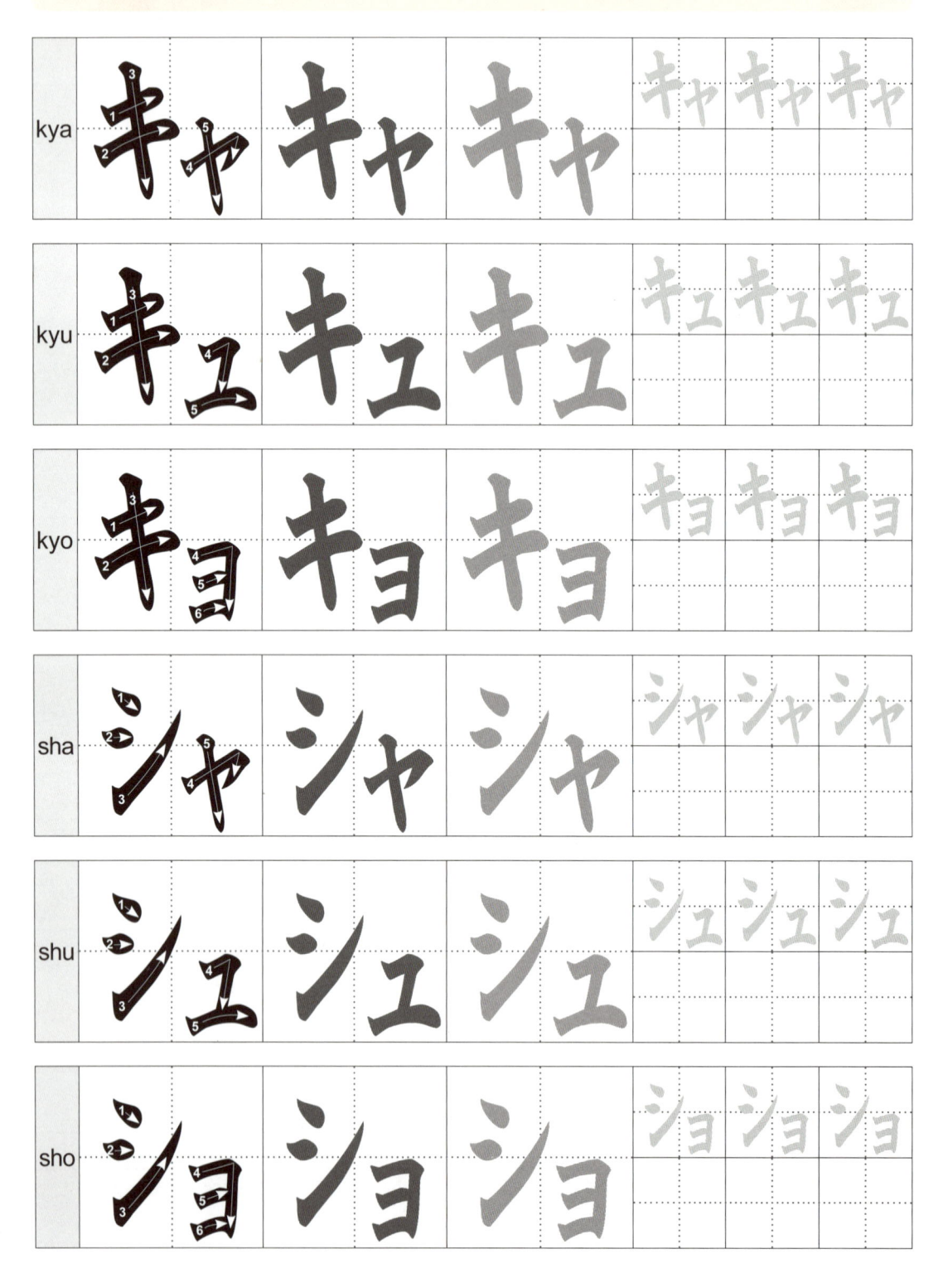

書寫練習

kya	キャ	キャ	キャ	キャ	キャ	キャ
kyu	キュ	キュ	キュ	キュ	キュ	キュ
kyo	キョ	キョ	キョ	キョ	キョ	キョ
sha	シャ	シャ	シャ	シャ	シャ	シャ
shu	シュ	シュ	シュ	シュ	シュ	シュ
sho	ショ	ショ	ショ	ショ	ショ	ショ

練習 1　　　MP3-150

請聽音檔,並寫下聽到的答案,然後試著讀讀看。

❶ バーベ□ー
barbecue 烤肉

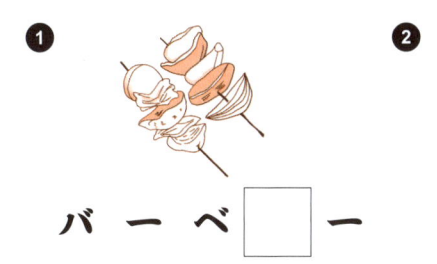

❷ □ツ
shirt 襯衫

❸ □ッピング
shopping 購物

❹ □ンプ
camp 露營

❺ □ークリーム
chou à la crème(法)泡芙

清音：「夕行」、「ナ行」拗音

書寫練習

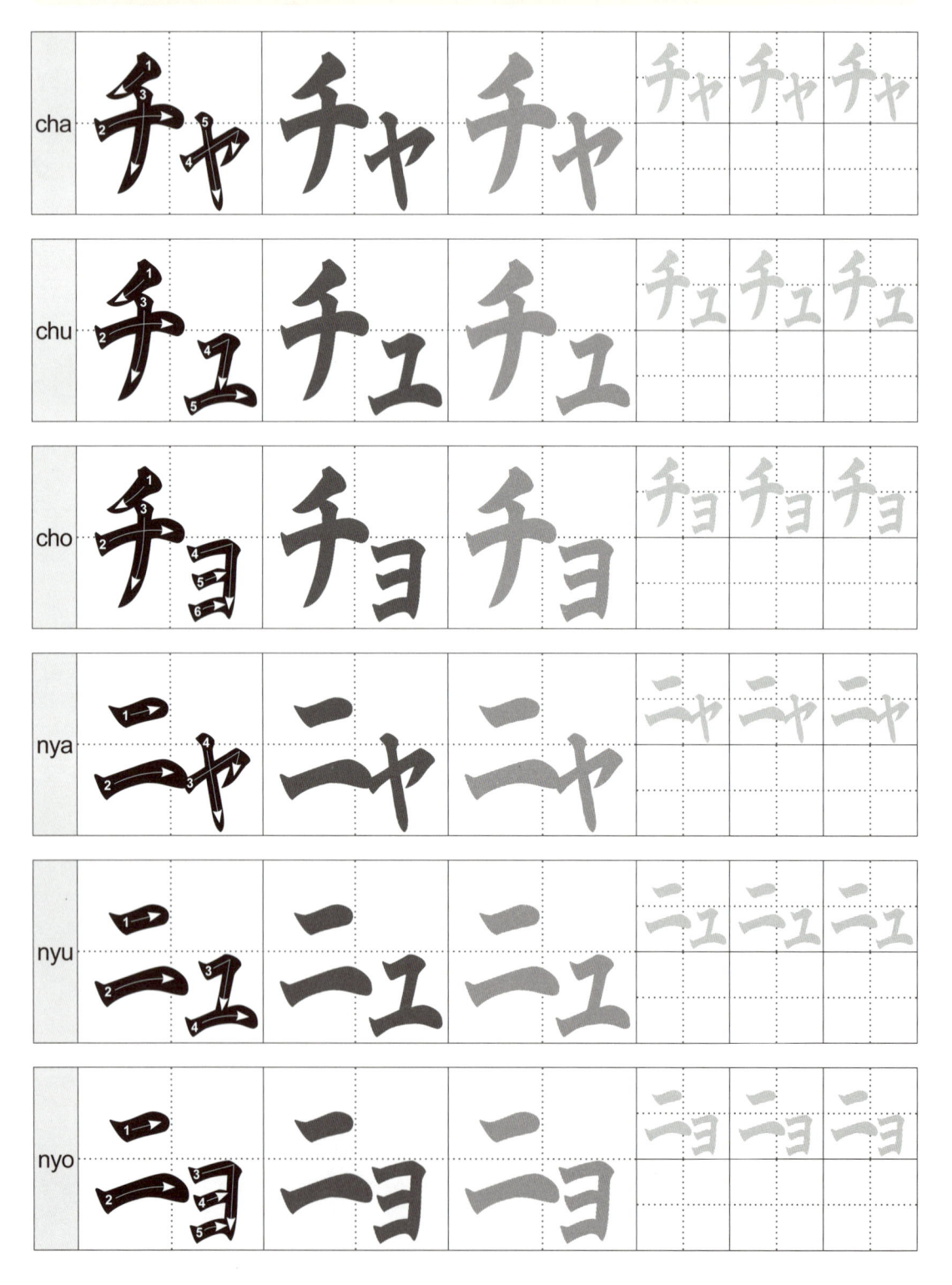

cha	チャ	チャ	チャ	チャ	チャ	チャ
chu	チュ	チュ	チュ	チュ	チュ	チュ
cho	チョ	チョ	チョ	チョ	チョ	チョ
nya	ニャ	ニャ	ニャ	ニャ	ニャ	ニャ
nyu	ニュ	ニュ	ニュ	ニュ	ニュ	ニュ
nyo	ニョ	ニョ	ニョ	ニョ	ニョ	ニョ

練習2　MP3-151

請聽音檔,並寫下聽到的答案,然後試著讀讀看。

❶ ☐コレート
chocolate 巧克力

❷ ☐ット
chat 聊天

❸ ☐ーブ
tube 軟管

❹ ☐ース
news 新聞

❺ ☐ロ☐ロ
(擬態語)不斷四處張望

❻ ケ☐ップ
ketchup 番茄醬

清音：「ハ行」、「マ行」、「ラ行」拗音

書寫練習

hya	ヒャ	ヒャ	ヒャ	ヒャ	ヒャ	ヒャ
hyu	ヒュ	ヒュ	ヒュ	ヒュ	ヒュ	ヒュ
hyo	ヒョ	ヒョ	ヒョ	ヒョ	ヒョ	ヒョ
mya	ミャ	ミャ	ミャ	ミャ	ミャ	ミャ
myu	ミュ	ミュ	ミュ	ミュ	ミュ	ミュ
myo	ミョ	ミョ	ミョ	ミョ	ミョ	ミョ

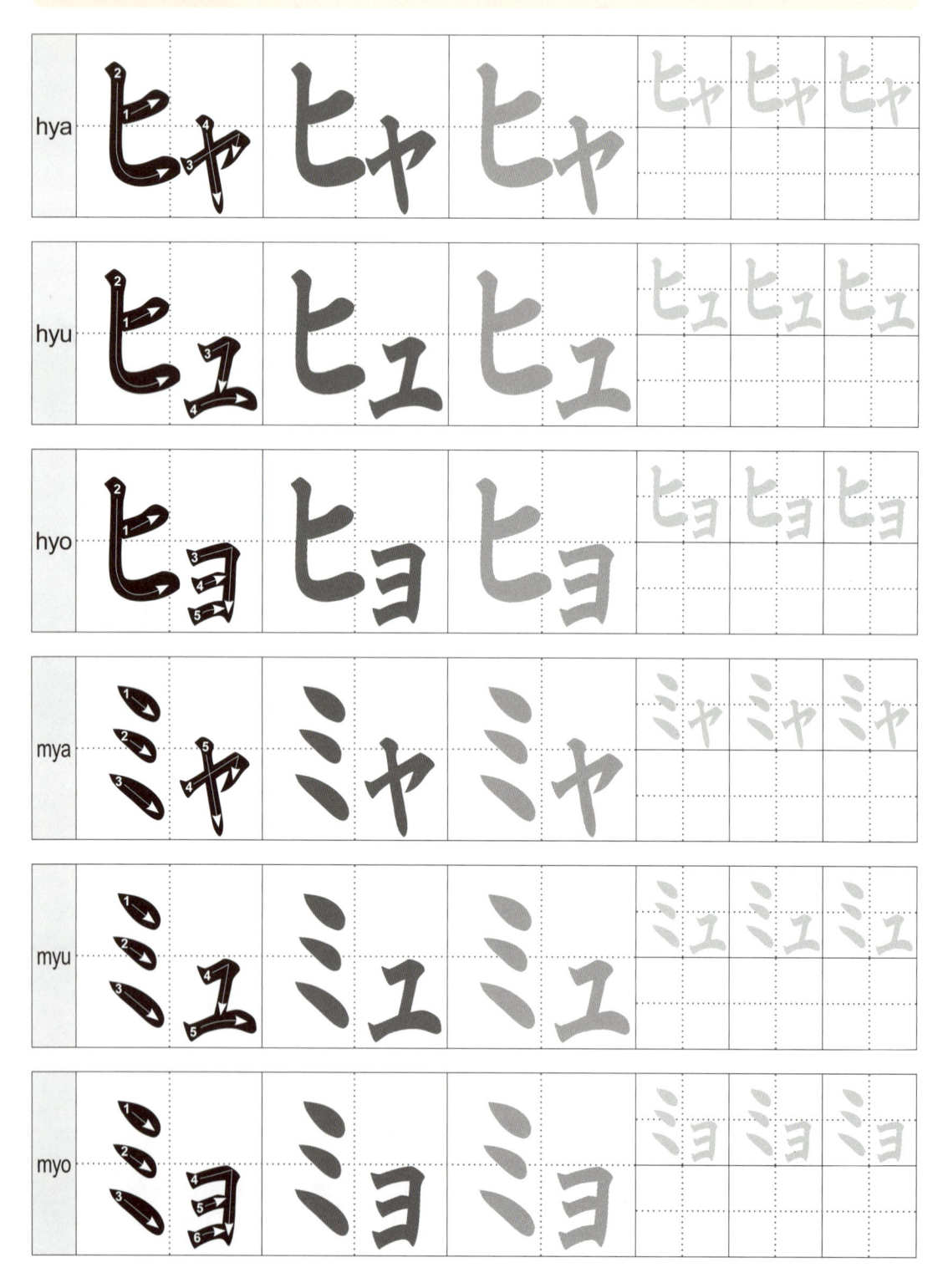

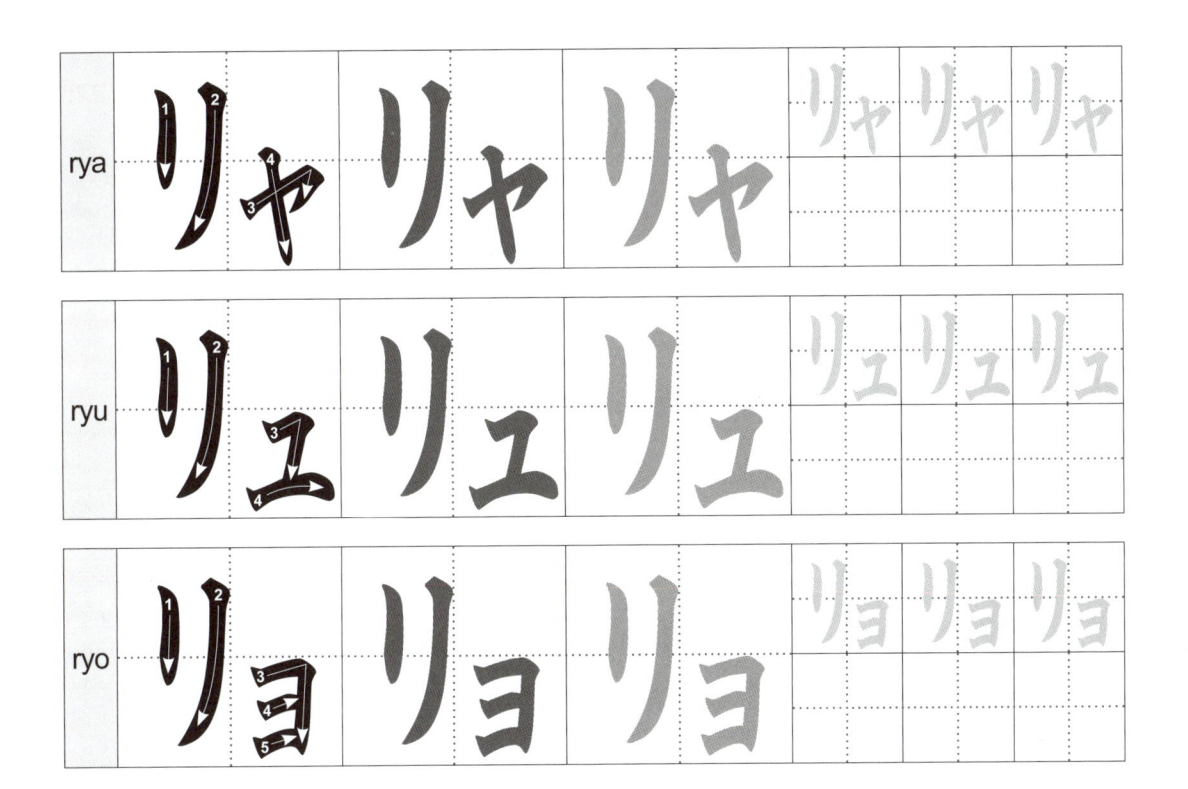

rya	リャ	リャ	リャ	リャ	リャ	リャ
ryu	リュ	リュ	リュ	リュ	リュ	リュ
ryo	リョ	リョ	リョ	リョ	リョ	リョ

練習3　　　　　　　　　　　　　　　　MP3-152

請聽音檔，並寫下聽到的答案，然後試著讀讀看。

1 ☐ ック
ruck(sack)（德）背包

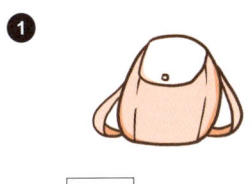

2 ☐ ーマン
human 人類

3 ☐ ージック
music 音樂

4 ☐ ウガン
（中）龍眼

5 ☐ ンマー
Myanmar 緬甸

濁音：拗音

書寫練習

gya	ギャ	ギャ	ギャ	ギャ ギャ ギャ
gyu	ギュ	ギュ	ギュ	ギュ ギュ ギュ
gyo	ギョ	ギョ	ギョ	ギョ ギョ ギョ
ja	ジャ	ジャ	ジャ	ジャ ジャ ジャ
ju	ジュ	ジュ	ジュ	ジュ ジュ ジュ
jo	ジョ	ジョ	ジョ	ジョ ジョ ジョ

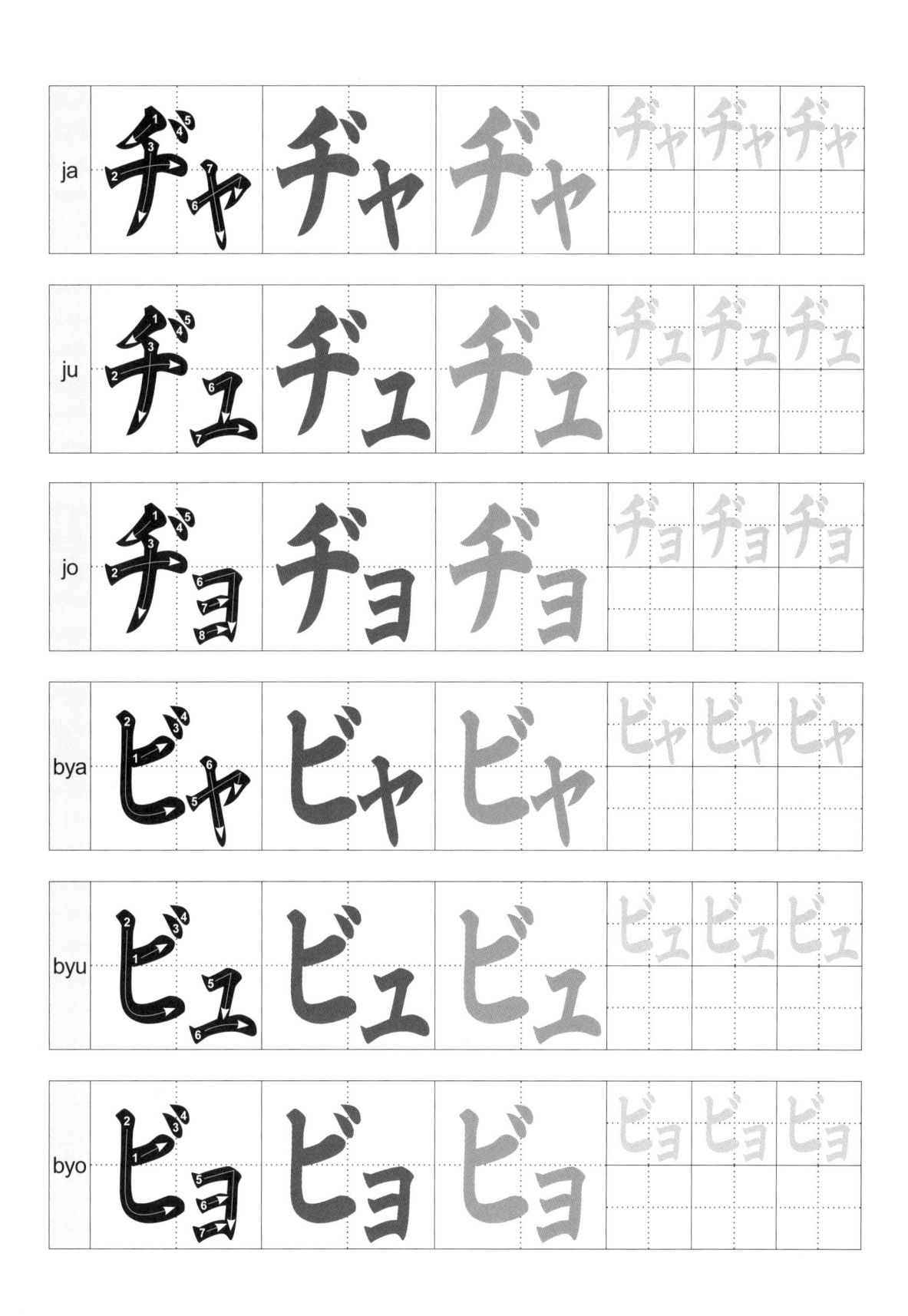

ja	ヂャ	ヂャ	ヂャ	ヂャ	ヂャ	ヂャ
ju	ヂュ	ヂュ	ヂュ	ヂュ	ヂュ	ヂュ
jo	ヂョ	ヂョ	ヂョ	ヂョ	ヂョ	ヂョ
bya	ビャ	ビャ	ビャ	ビャ	ビャ	ビャ
byu	ビュ	ビュ	ビュ	ビュ	ビュ	ビュ
byo	ビョ	ビョ	ビョ	ビョ	ビョ	ビョ

第14課

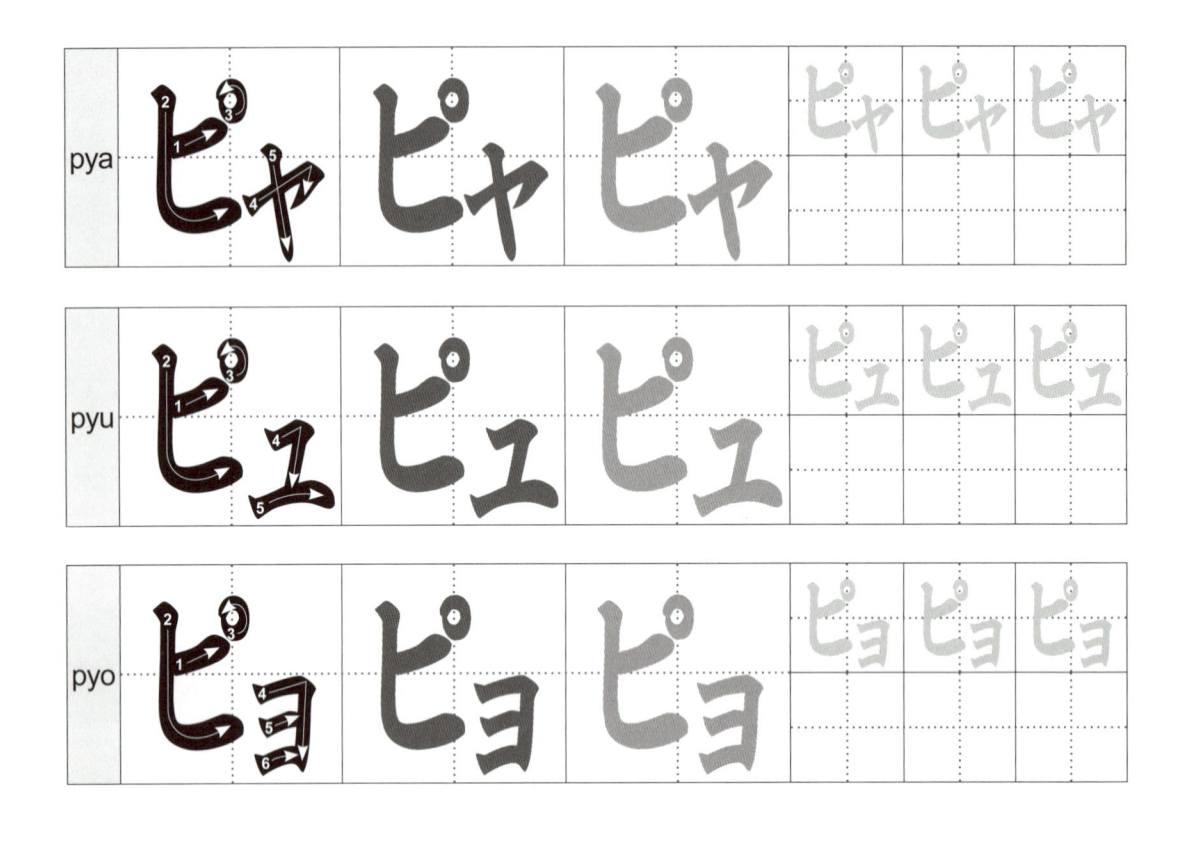

pya	ピャ	ピャ	ピャ	ピャ ピャ ピャ
pyu	ピュ	ピュ	ピュ	ピュ ピュ ピュ
pyo	ピョ	ピョ	ピョ	ピョ ピョ ピョ

練習4　　　　　　　　　　　　　　　　MP3-153

請聽音檔，並寫下聽到的答案，然後試著讀讀看。

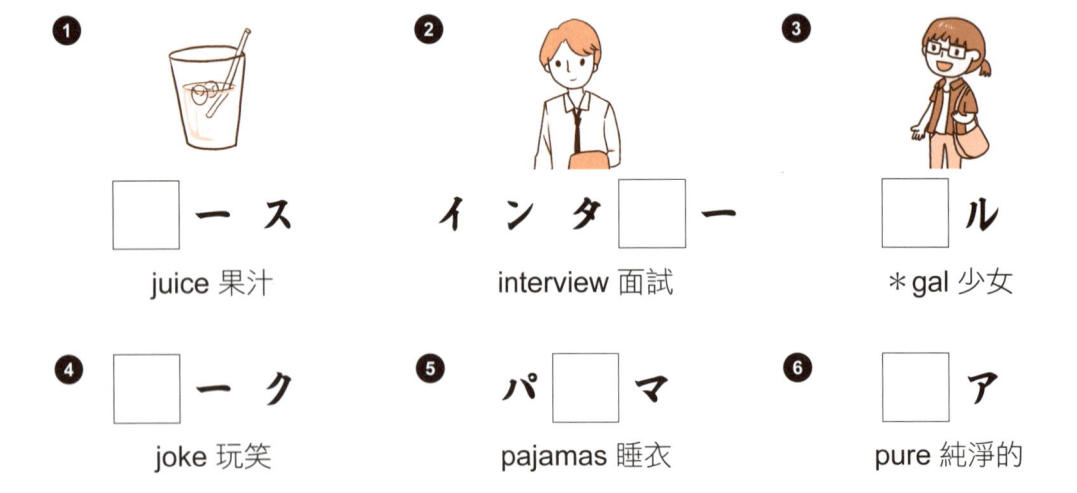

❶ ☐ース
juice 果汁

❷ インタ☐ー
interview 面試

❸ ☐ル
＊gal 少女

❹ ☐ーク
joke 玩笑

❺ パ☐マ
pajamas 睡衣

❻ ☐ア
pure 純淨的

＊口語說法：gal [gæl]

　正式說法：girl [gɚl] ガール

— 186 —

應用練習

應用練習I ファッション 時尚

MP3-154

單字 練習跟著範例寫寫看！

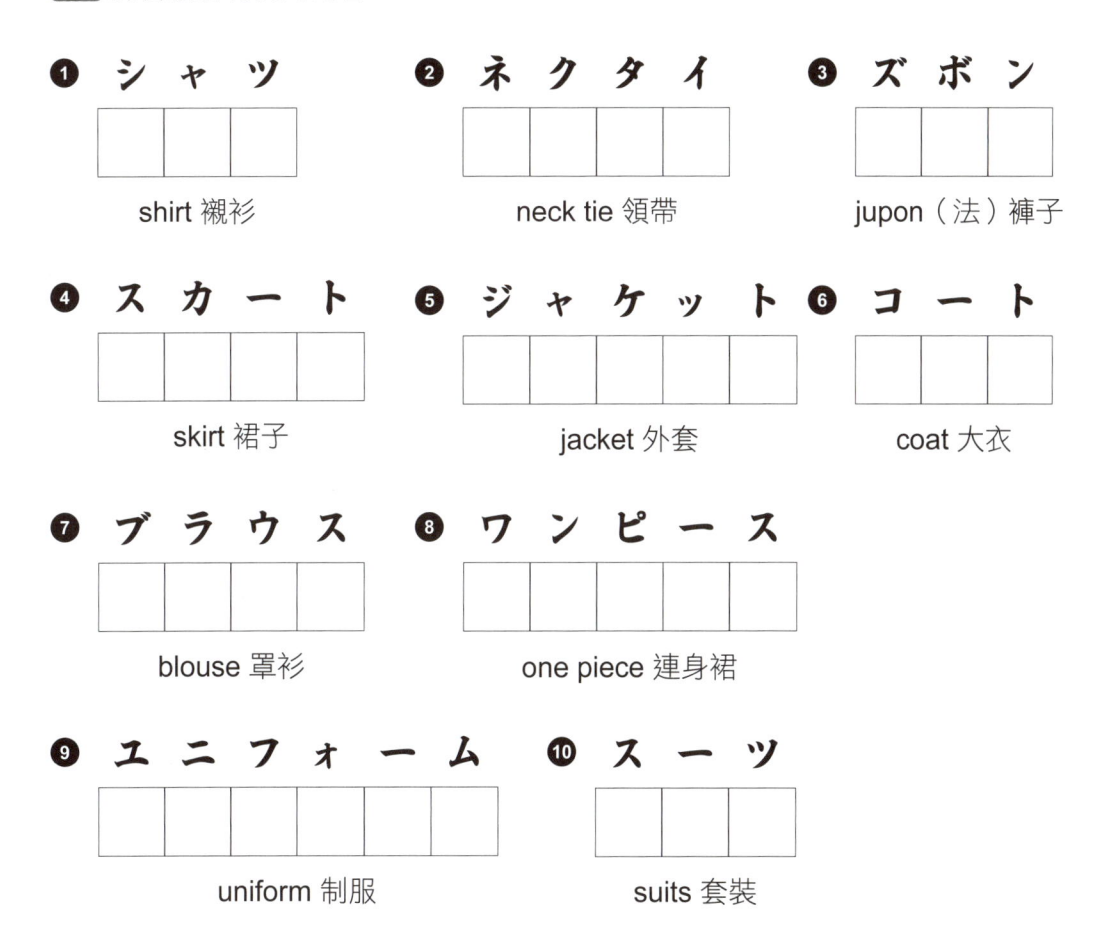

❶ シャツ
shirt 襯衫

❷ ネクタイ
neck tie 領帶

❸ ズボン
jupon（法）褲子

❹ スカート
skirt 裙子

❺ ジャケット
jacket 外套

❻ コート
coat 大衣

❼ ブラウス
blouse 罩衫

❽ ワンピース
one piece 連身裙

❾ ユニフォーム
uniform 制服

❿ スーツ
suits 套裝

會話 請使用以上學習到的單字，套用在以下會話中練習。

A：その___シャツ___、いいですね。

B：ありがとう。

A：你那__（件）襯衫__很好看耶。
B：謝謝。

應用練習2 カフェ 咖啡廳　MP3-155

單字 請聽音檔，並寫下聽到的答案，然後試著讀讀看。

1. □コレートケーキ
chocolate cake 巧克力蛋糕

2. □ートケーキ
shortcake 水果蛋糕

3. □ークリーム
chou à la crème（法）泡芙

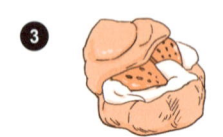

4. □スミンティー
jasmine tea 茉莉花茶

5. □ース
juice 果汁

6. ビール□ッキ
＊beer jug 杯裝生啤酒

＊日語的ジョッキ，是英語的jug（杯口大、有把手的杯子），受到日本在地化的影響，故發音為ジョッキ。

シフォンケーキ
chiffon cake（法＋英）戚風蛋糕

カフェラッテ
caffé latte（義）拿鐵

ミルフィーユ
mille-feuille（法）千層派

パフェ
parfait（法）冰淇淋聖代

ジェラート
gelato（義）義大利冰淇淋

シェイク
shake 奶昔

＊以上單字的底線部分是特殊發音：

シェ＝she　　ジェ＝je　　ティ＝ti　　フィ＝fi　　フェ＝fe　　フォ＝fo

這是為了表達日語中沒有的外語發音，而利用小字的「ァ、ィ、ゥ、ェ、ォ」所拼出的拗音。

會話 請使用以上學習到的單字，套用在以下會話中練習。

A：どれにしますか。

B：＿＿＿パフェ＿＿＿にします。

A：請問你要哪一個？
B：我要＿冰淇淋聖代＿。

問候：聽一聽，說一說！

▶ MP3-156

いらっしゃい。
歡迎。

ごめんください。
打擾了。

いらっしゃいませ。
歡迎。

Note

「ごめんください」（打擾了）

「ごめんください」（打擾了）是去拜訪別人家時一進門要說的招呼語。然後主人應該向客人說「いらっしゃい」（歡迎）、「どうぞおあがりください」（請進）等，以非常歡迎的心情來迎接客人。「いらっしゃいませ」跟「いらっしゃい」意思相同，但是「いらっしゃいませ」是比較有禮貌的說法，所以店員在接待客人的時候，大多都會使用這種說法。

第 15 課

平假名・片假名 總複習

學習目標

①學習判別長得很像的假名
②學習時間、季節、天氣、身體以及動物等的相關單字
③學習使用片假名的「擬態語」（動物的叫聲）
④學習「國名」
⑤複習已經學過的招呼用語

綜合練習

綜合練習1　外形真像：聽一聽、寫一寫、讀一讀　MP3-157

請聽音檔，並從下表選出正確的假名填入方框中，然後試著讀讀看。

1. へ・く □
2. い・り □
3. さ・き □
4. わ・ね □
5. に・こ □
6. た・な □
7. よ・ま □
8. は・ほ □
9. う・ら □
10. ろ・る □
11. ま・よ □
12. し・も □
13. ら・ろ □
14. お・あ □
15. め・ぬ □
16. シ・ツ □
17. ン・ソ □
18. ス・ヌ □
19. ワ・ク □
20. レ・ル □

綜合練習2　四季、早晚、陰雨晴　MP3-158

請聽音檔，並從下表選出正確的假名填入方框中，然後試著讀讀看。（可複選）

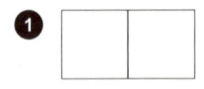

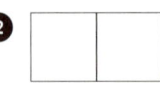

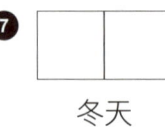

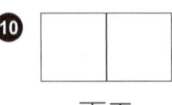

つ	ひ	も	き	さ	よ	は	な
く	り	る	ふ	ゆ	れ	あ	め

1. □□ 早晨
2. □□ 中午
3. □□ 晚上
4. □□ 春天
5. □□ 夏天
6. □□ 秋天
7. □□ 冬天
8. □□ 晴天
9. □□□ 陰天
10. □□ 雨天

綜合練習3 身體部位

▶ MP3-159

請將身體各個部位對應的日語填入方框中。

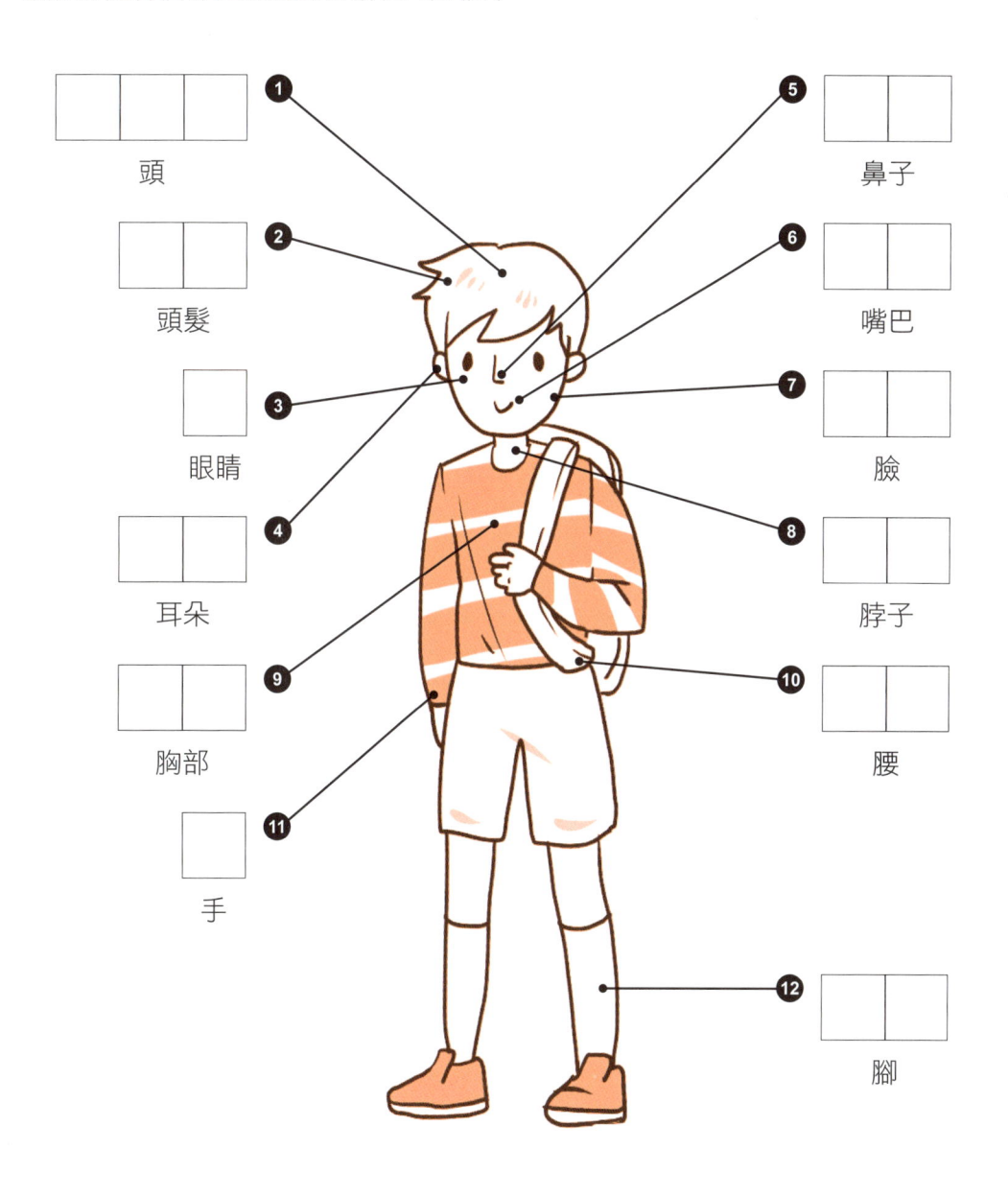

1. 頭
2. 頭髮
3. 眼睛
4. 耳朵
5. 胸部
6. 手
7. 鼻子
8. 嘴巴
9. 臉
10. 脖子
11. 腰
12. 腳

綜合練習4 動物的聯想　　MP3-160

請聽音檔，將答案填入方框，並寫下最終答案對應的圖片號碼。

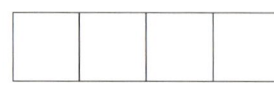

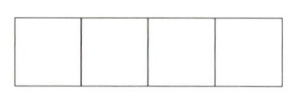

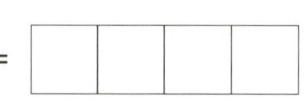

① 🐢　□□ ＋ら＝ □□□ ＝圖片____

② 🦛　□□ ＋ん＝ □□□ ＝圖片____

③ 🥖　□□ ＋ダ＝ □□□ ＝圖片____

④ 🦏　□□ ＋ふ＝ □□□ ＝圖片____

⑤ 🐘　□□ ＋きん＝ □□□□ ＝圖片____

⑥ 🐅　□□ ＋ンプ＝ □□□□ ＝圖片____

⑦ きつ＋🌊　□□ ＝ □□□□ ＝圖片____

❽ す+ 🦑 　□□ = □□□ =圖片____

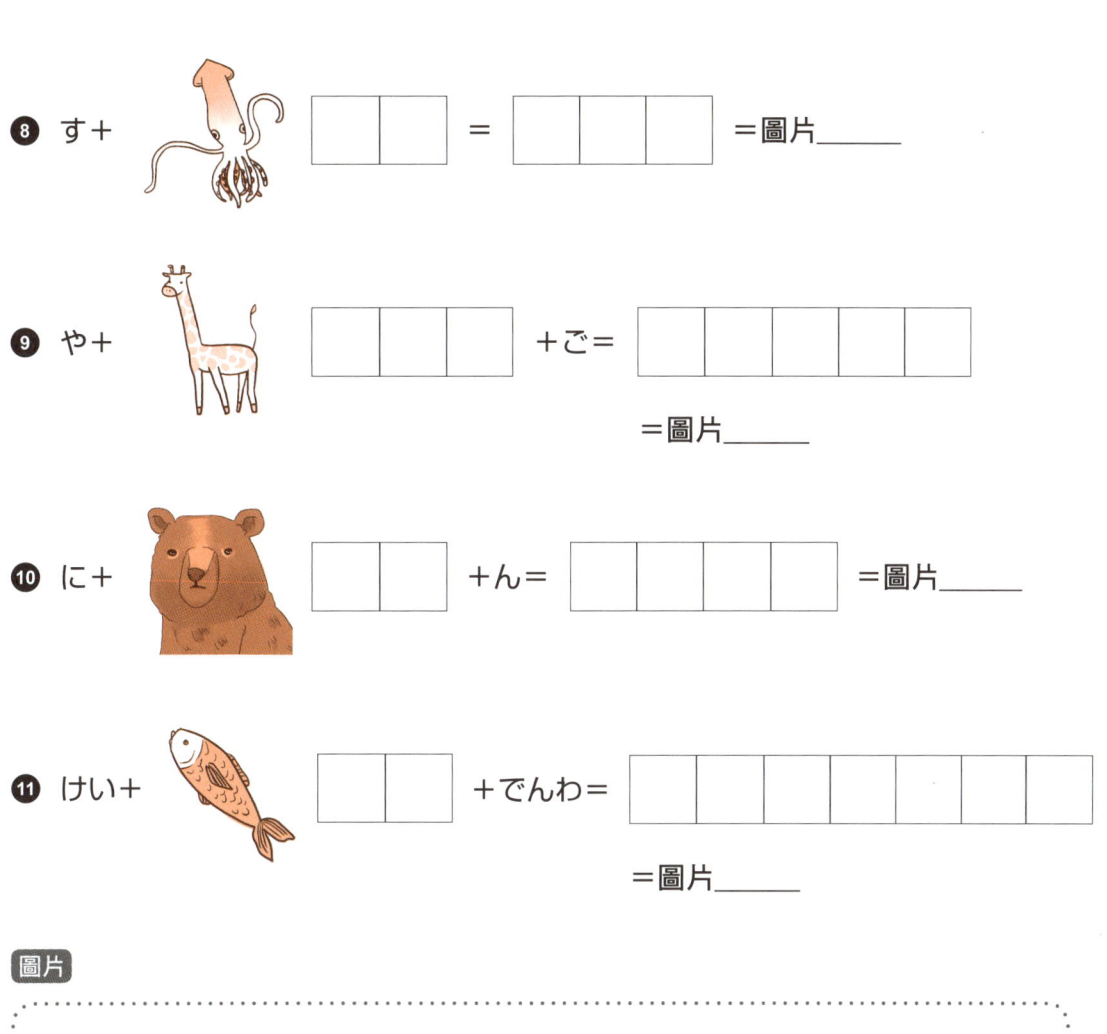

❾ や+ 🦒 　□□□ +ご= □□□□□
　　　　　　　　　　　　　=圖片____

❿ に+ 🐻 　□□ +ん= □□□□ =圖片____

⓫ けい+ 🐟 　□□ +でんわ= □□□□□□
　　　　　　　　　　　　　　=圖片____

圖片

1　2　3　4
5　6　7　8
9　10　11

第15課

綜合練習5 動物的叫聲　　MP3-161

請將對應的動物名稱與叫聲連至正確的圖片。

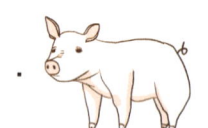

1. 馬 うま　　・　　・　　・メーメー

2. 雛 ひよこ　・　　・　　・ヒヒーン

3. 羊 ひつじ　・　　・　　・ゲロゲロ

4. 猫 ねこ　　・　　・　　・ニャーニャー

5. 犬 いぬ　　・　　・　　・ピヨピヨ

6. 牛 うし　　・　　・　　・ブーブー

7. 豚 ぶた　　・　　・　　・ワンワン

8. 鶏 にわとり・　　・　　・モーモー

9. 蛙 カエル　・　　・　　・コケコッコー

綜合練習6 國家名稱

請在表中找出以下22個國名,並圈出來。

			ブ					
		フ	ラ	ン	ス			
			ジ		イ	ン	ド	イ
		ペ	ル	ー	ス	ペ	イ	ン	タ
ア	フ	リ	カ	イ	エ		ド	イ	ツ
ィ			ギ	ジ			ネ	タ	
リ				リ	プ		ギ	シ	リ	ア
ロ	ピ	オ	ー	ス	ト	ラ	リ	ア	ア	メ
シ	ン	ガ	ポ	ー	ル		シ			リ
ア		メ	キ	シ	コ		ア			カ

❶	アメリカ	美國		❷	ブラジル	巴西
❸	インド	印度		❹	オーストラリア	澳洲
❺	ロシア	俄羅斯		❻	タイ	泰國
❼	フランス	法國		❽	メキシコ	墨西哥
❾	ペルー	秘魯		❿	イギリス	英國
⓫	イタリア	義大利		⓬	シリア	敘利亞
⓭	シンガポール	新加坡		⓮	フィリピン	菲律賓
⓯	エジプト	埃及		⓰	インドネシア	印尼
⓱	スイス	瑞士		⓲	トルコ	土耳其
⓳	アフリカ	非洲		⓴	スペイン	西班牙
㉑	ドイツ	德國		㉒	ギリシア	希臘

第15課

綜合練習7 你會說這些問候語嗎？　MP3-162

請聽音檔，並選出與內容相符的圖片，將代號填入括號中。

例 (J)

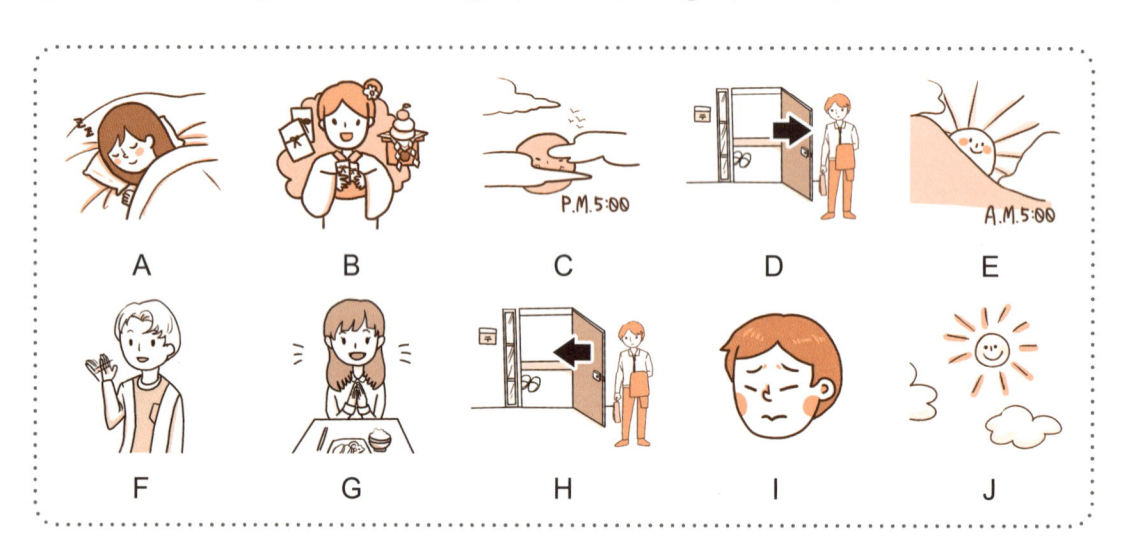

❶ (　　) ❷ (　　) ❸ (　　) ❹ (　　) ❺ (　　)

❻ (　　) ❼ (　　) ❽ (　　) ❾ (　　)

A　B　C　D　E
F　G　H　I　J

綜合練習8 打招呼與回應　MP3-163

請聽音檔，寫下聽到的內容，也試著寫出回應的內容。

例　ただいま　　　　　回應：おかえり（なさい）

❶ _____　回應：_____

❷ _____　回應：_____

❸ _____　回應：_____

❹ _____　回應：_____

❺ _____　回應：_____

附錄

練習、應用練習、綜合練習解答

學習目標

①確認每一課練習、應用練習答案,檢視學習成果
②確認綜合練習答案,檢視學習成果

第2課

練習1
① あうえ ② おあい ③ いえう ④ えあお ⑤ おいえ

練習2
① いえ 家 ② うえ 上 ③ おい 甥 ④ いいえ ⑤ あおい 青い
⑥ おおい 多い ⑦ いう 言う ⑧ あい 愛 ⑨ あう 会う

練習3
① こくけかき ② きけかこく ③ けこきくか ④ くこけきか ⑤ かこきけく

練習4
① えき 駅 ② かお 顔 ③ きおく 記憶 ④ いく 行く ⑤ おか 丘
⑥ こい 恋 ⑦ いけ 池 ⑧ いき 息 ⑨ くうき 空気

練習5
① くき 茎 ② あき 秋 ③ きく 聞く ④ こえ 声 ⑤ あかい 赤い

練習6
① しお 塩 ② うし 牛 ③ しか 鹿 ④ いす 椅子 ⑤ あせ 汗
⑥ うそ 嘘 ⑦ せき 席 ⑧ すき 好き ⑨ すいか 西瓜 ⑩ けしき 景色

練習7
① すし 寿司 ② おかし お菓子 ③ さけ 酒
④ いし 石 ⑤ あさ 朝

應用練習1

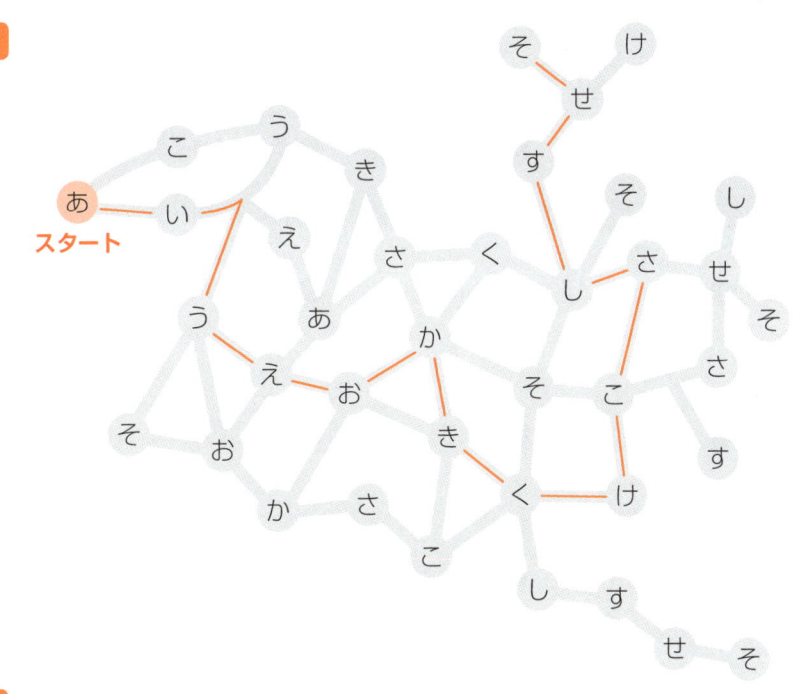

(迷宮圖：スタート あ→い→う→え→お→か→き→く→け→こ→さ→し→す→せ→そ)

應用練習2

❶ b. か**お** 顔　　❷ a. そ**こ** 底　　❸ c. あ**し** 足
❹ c. **せ**かい 世界　　❺ b. し**き** 四季

第3課

練習1
❶ とちた　❷ てとち　❸ つちた　❹ ちとて　❺ たちつ

練習2
❶ **と**けい 時計　❷ お**と** 音　❸ く**つ** 靴　❹ あ**つ**い 暑い　❺ い**た**い 痛い
❻ **た**かい 高い　❼ く**ち** 口　❽ **ち**え 知恵　❾ **て**き 敵

練習3
❶ うち 家　　❷ うた 歌　　❸ いとこ 従兄弟
❹ とし 年　　❺ てつ 鉄　　❻ あいて 相手

練習4
❶ のになねぬ　❷ にぬのねな　❸ ぬなねにの　❹ なのねにぬ　❺ ねなのにね

練習5
① のこ 鋸　② さかな 魚　③ ねこ 猫　④ かに 蟹　⑤ あね 姉
⑥ おの 斧　⑦ にく 肉　⑧ きのう 昨日　⑨ なか 中

練習6
① いぬ 犬　② ぬの 布　③ きのこ 茸　④ いなか 田舎

練習7
① へはひ　② ほへふ　③ ひはへ　④ はほひ　⑤ ふひへ

練習8
① ほね 骨　② はし 箸　③ ふね 船　④ へそ 臍　⑤ ひと 人
⑥ はな 花　⑦ ほか 他　⑧ あさひ 朝日　⑨ はち 八

練習9
① ほし 星　② はは 母　③ さいふ 財布
④ ふうとう 封筒　⑤ ひふ 皮膚　⑥ へた 下手

應用練習2
① b. ほそい 細い　② a. たいこ 太鼓　③ c. けいさつ 警察
④ b. おかね お金　⑤ b. へそ 臍

應用練習3
① ふたつ 二つ　② あなた　③ きのう 昨日
④ おととい 一昨日　⑤ ちかてつ 地下鉄

第4課

練習1
① もめみ　② めまむ　③ みまも　④ めむま　⑤ もめま

練習2

❶ け む し 毛虫　　❷ む すこ 息子　　❸ し ま う ま 縞馬
❹ く も 雲　　❺ な ま え 名前　　❻ に も つ 荷物
❼ み ち 道　　❽ あ め 雨　　❾ か め 亀

練習3

❶ みせ 店　　❷ もも 桃　　❸ むかし 昔
❹ まち 町　　❺ ひみつ 秘密　　❻ つめたい 冷たい

練習4

❶ よやゆ　　❷ ゆよや　　❸ ゆやよ　　❹ やよゆ　　❺ よゆや

練習5

❶ やおや 八百屋　　❷ やさい 野菜　　❸ ゆき 雪
❹ まよう 迷う　　❺ かゆい 痒い　　❻ せきゆ 石油

練習6

❶ さ ら 皿　　❷ と り 鳥　　❸ み る 見る　　❹ ぬ り え 塗絵　　❺ る す 留守
❻ れ きし 歴史　　❼ か ら い 辛い　　❽ く ろ い 黒い　　❾ き れ い 綺麗

練習7

❶ りす 栗鼠　　❷ はれ 晴　　❸ はる 春　　❹ あり 蟻　　❺ あらし 嵐
❻ さくら 桜

練習8

❶ あたま 頭　　❷ かみ 髪　　❸ かお 顔　　❹ め 目　　❺ みみ 耳
❻ はな 鼻　　❼ くち 口　　❽ は 歯　　❾ した 舌

應用練習1

❶ ゆめ 夢 → ❷ めいし 名刺 → ❸ しあい 試合 → ❹ いみ 意味
→ ❺ みせ 店 → ❻ せいかつ 生活 → ❼ つや 艶 → ❽ やま 山
→ ❾ まち 町 → ❿ ちりとり 塵取り → ⓫ りす 栗鼠 → ⓬ すもも 李

應用練習2

❶ b. あ|ま|い 甘い　　❷ a. すき|やき| すき焼き　　❸ c. まつ|り| 祭
❹ c. |ろ|く 六　　❺ a. か|め| 亀

應用練習3

❶ ゆるい 緩い　　❷ くもり 曇り　　❸ さしみ 刺身
❹ ゆうめい 有名　　❺ よろしく
❻ やすみます 休みます

第5課

練習1

❶ |わ|ふく 和服　　❷ せ|ん|せい 先生　　❸ たい|わん| 台湾
❹ に|わ| 庭　　❺ か|わ| 川　　❻ しけ|ん| 試験

練習2

❶ わたし 私　　❷ ほん 本　　❸ にほん 日本
❹ わに 鰐　　❺ あわ 泡　　❻ わるい 悪い

練習3

❶ おわり 終わり　　❷ かわいい 可愛い
❸ わかります 分かります　　❹ しんかんせん 新幹線

練習4

❶ (a). おい 甥（外甥）　　b. おおい 多い（多的）
❷ a. ここ（這裡）　　(b). こうこう 高校（高中）
❸ a. い 胃（胃）　　(b). いい（好的）
❹ (a). おかみ 女将（老闆娘）　　b. おおかみ 狼（狼）
❺ a. せと 瀬戸（瀨戶）　　(b). せいと 生徒（學生）
❻ (a). え 絵（畫）　　b. ええ（是的）

❼ a. なに 何（什麼） b. なあに（什麼）
❽ a. とき 時（時間） b. とうき 陶器（陶器）
❾ a. てき 敵（敵人） b. ていき 定期（定期）
❿ a. くき 茎（莖） b. くうき 空気（空氣）

練習5

❶ と<u>け</u>い 時計　❷ ゆ<u>う</u>き 勇気　❸ かわ<u>い</u>い 可愛い
❹ さん<u>す</u>う 算数　❺ め<u>い</u>し 名刺　❻ と<u>お</u>い 遠い
❼ き<u>い</u>ろ 黄色　❽ <u>く</u>うき 空気　❾ <u>こ</u>う<u>こ</u>う 高校
❿ お<u>い</u>しい 美味しい

練習7

❶ せんせい 先生　❷ ほんや 本屋　❸ ほんとう 本当
❹ かんたん 簡単　❺ てんき 天気　❻ きんえん 禁煙
❼ しんかんせん 新幹線

練習9

❶ ⓐ. きて 来て（來）　b. きって 切手（郵票）
❷ a. ねこ 猫（貓）　ⓑ. ねっこ 根っ子（植物的根）
❸ ⓐ. さか 坂（斜坡）　b. さっか 作家（作家）
❹ a. にき 二期（二屆）　ⓑ. にっき 日記（日記）
❺ a. せけん 世間（社會）　ⓑ. せっけん 石鹸（肥皂）
❻ ⓐ. まて 待て（等！〔命令形〕） b. まって 待って（等待）

應用練習2

❶ a. か 蚊（蚊子）　ⓑ. かん 缶（罐）
❷ ⓐ. ほ 穂（穗）　b. ほん 本（書）
❸ ⓐ. かば 河馬（河馬）　b. かばん 鞄（提包）
❹ ⓐ. にほ 二歩（二步）　b. にほん 日本（日本）
❺ a. みな 皆（大家）　ⓑ. みんな 皆（大家）

— 205 —

應用練習3

❶ き⃞っさ☒て☒ん　→ きっさてん 喫茶店
❷ あ⃞った☒か☒い　→ あったかい 暖かい
❸ と⃞っと☒り☒け☒ん　→ とっとりけん 鳥取県
❹ け⃞っこ☒ん☒し☒き　→ けっこんしき 結婚式
❺ あ⃞っち☒こっち　→ あっちこっち
❻ さ⃞っさ☒と☒か☒え⃞った　→ さっさとかえった さっさと帰った

應用練習4

❶ b. あ⃞わ 泡　❷ b. ま⃞っち マッチ　❸ a. こ⃞うし 講師
❹ b. わ⃞かめ 若布　❺ c. よ⃞ん 四

第6課

練習1

❶ が⃞け 崖　❷ ふ⃞ぐ 河豚　❸ や⃞ぎ 山羊　❹ む⃞げん 無限　❺ つ⃞ぎ 次
❻ か⃞げ 影　❼ す⃞ぐ 直ぐ　❽ が⃞っき 楽器　❾ ご⃞はん ご飯

練習2

❶ が⃞っこう 学校　❷ く⃞ぎ 釘　❸ い⃞ちご 苺
❹ か⃞がく 科学　❺ ご⃞ま 胡麻　❻ げ⃞んき 元気
❼ ぐ⃞ち 愚痴　❽ か⃞ぐ 家具

練習3

❶ ぞ⃞う 象　❷ ざ⃞る 笊　❸ じ⃞かん 時間　❹ ざ⃞っし 雑誌　❺ か⃞ぜ 風
❻ じ⃞てん 辞典　❼ か⃞ず 数　❽ ぜ⃞ろ ゼロ　❾ す⃞ずしい 涼しい

練習4

❶ き⃞じ 記事　❷ ち⃞ず 地図　❸ ひ⃞ざ 膝　❹ な⃞ぞ 謎　❺ く⃞じ 籤
❻ ま⃞ずい 不味い

練習5

❶ でんわ 電話　　❷ おでん　　❸ かんづめ 缶詰
❹ つづく 続く　　❺ だれ 誰　　❻ どこ 何処
❼ からだ 体　　❽ うどん 饂飩　　❾ はなぢ 鼻血

練習6

❶ だめ 駄目　　❷ こども 子供　　❸ うで 腕
❹ ねだん 値段　　❺ ふで 筆　　❻ むだ 無駄

應用練習1

❶ なまむぎ　なまごめ　なまたまご　　生麦　生米　生卵
❷ このくぎは　ひきぬきにくい　くぎだ　　この釘は　引き抜きにくい　釘だ
❸ あおまきがみ　あかまきがみ　きまきがみ　　青巻紙　赤巻紙　黄巻紙

應用練習2

❶ a. てんき 天気（天氣）　　b. でんき 電気（電燈）
❷ ⓐ いと 糸（線）　　b. いど 井戸（井）
❸ a. たんす 箪笥（衣櫥）　　ⓑ だんす ダンス（舞蹈）
❹ a. さる 猿（猿猴）　　ⓑ ざる 笊（竹簍）
❺ a. すすめ 進め（前進）　　ⓑ すずめ 雀（麻雀）
❻ a. くし 櫛（梳子）　　ⓑ くじ 籤（籤）
❼ ⓐ からす 鴉（烏鴉）　　b. がらす ガラス（玻璃）
❽ a. かき 柿（柿子）　　ⓑ かぎ 鍵（鑰匙）
❾ ⓐ こま 駒（日本將棋五角形的棋子）　　b. ごま 胡麻（芝麻）
❿ a. くらす クラス（班級）　　ⓑ ぐらす グラス（玻璃杯）

應用練習3

❶ ぞうさん　ぞうさん
　　おはなが　ながいのね
　　そうよ　かあさんも　ながいのよ

❷ ぞうさん　ぞうさん
　 だあれが　すきなの
　 あのね　かあさんが　すきなのよ

第7課

練習1
❶ そぼ 祖母　　　　❷ ぶどう 葡萄　　　❸ かぶき 歌舞伎
❹ ぶし 武士　　　　❺ へび 蛇　　　　　❻ はなび 花火
❼ かべ 壁　　　　　❽ きぼう 希望　　　❾ おば 叔母

練習2
❶ たばこ 煙草　　　❷ しんぶん 新聞　　❸ ぶた 豚
❹ かばん 鞄　　　　❺ あぶら 油　　　　❻ ばつ 罰
❼ おべんとう お弁当　❽ ぼうし 帽子

練習3
❶ かんぱい 乾杯　　❷ はっぴ 法被　　　❸ たいぺい 台北
❹ ぴったり　　　　　❺ しっぷ 湿布　　　❻ ぺこぺこ
❼ ぷんぷん　　　　　❽ いっぽん 一本　　❾ いっぴき 一匹

練習4
❶ さんぽ 散歩　　　❷ ぱんつ パンツ　　❸ かっぱ 河童
❹ きっぷ 切符　　　❺ てんぷら 天婦羅　❻ えんぴつ 鉛筆

應用練習1
例 はらはら 東西落下的模樣、緊張的樣子
　 ばらばら 零零散散的樣子
　 ぱらぱら 形容小雨或粒狀物嘩啦嘩啦地掉下

❶ ひりひり 形容皮膚刺痛、舌頭麻辣狀
　びりびり 麻酥酥，如電擊、撕紙聲
　ぴりぴり 形容刺痛，如麻辣感、吹哨聲
❷ ふかふか （衣服等）很柔軟蓬鬆的樣子
　ぶかぶか 衣服或帽子等不合身而很寬大的樣子
　ぷかぷか 輕的東西在水面上漂浮的樣子
❸ へらへら 廢話連篇、不正經的、嘻皮笑臉的樣子
　べらべら 形容滔滔不絕
　ぺらぺら 形容外語說得流利
❹ ほかほか 心裡感覺很溫暖的樣子
　ぼかぼか 形容氣勢上漲、旺盛
　ぽかぽか 溫暖的樣子

應用練習2

❶ ⓐ. せんぱい 先輩（前輩）　　b. せんばい 千倍（一千倍）
❷ a. ぴん pin（大頭針）　　ⓑ. びん 瓶（瓶）
❸ a. はら 腹（肚子）　　ⓑ. ばら 薔薇（薔薇）
❹ ⓐ. ひる 昼（白天）　　b. びる building（建築物）
❺ ⓐ. ふた 蓋（蓋子）　　b. ぶた 豚（豬）
❻ a. へん 変（奇怪的）　　ⓑ. ぺん pen（筆）
❼ ⓐ. ぱい pie（派；餡餅）　　b. ばい 倍（倍數）
❽ a. でんき 電気（電燈）　　ⓑ. てんき 天気（天氣）
❾ ⓐ. だんご 団子（糯米丸子）　　b. たんご 単語（單字）
❿ a. だいがく 大学（大學）　　ⓑ. たいがく 退学（退學）

第8課

練習1

❶ べんきょう 勉強　　❷ いしゃ 医者　　❸ じしょ 辞書

❹ しっき|ゃ|く 失脚　　❺ し|ゅ|うまつ 週末
❻ き|ゅ|うき|ゅ|うし|ゃ| 救急車

練習2
❶ き|ょ|く 曲　　❷ き|ょ|う 今日　　❸ し|ゅ|み 趣味
❹ かいし|ゃ| 会社　　❺ かし|ゅ| 歌手　　❻ き|ゅ|うり 胡瓜
❼ き|ゃ|く 客　　❽ し|ょ|うゆ 醤油　　❾ きし|ゃ| 汽車

練習3
❶ に|ょ|うぼう 女房　　❷ に|ゅ|うがく 入学　　❸ ち|ゃ|わん 茶碗
❹ ち|ょ|うし 調子　　❺ ふに|ゃ|ふに|ゃ|

練習4
❶ おち|ゃ| お茶　　❷ こんに|ゃ|く 蒟蒻　　❸ ち|ゅ|うし|ゃ| 注射
❹ に|ょ|う 尿　　❺ ち|ょ|きん 貯金

練習5
❶ り|ょ|うり 料理　　❷ ひ|ゃ|く 百　　❸ り|ゅ|う 龍
❹ み|ょ|うじ 苗字　　❺ み|ゃ|く 脈

練習6
❶ き|ょ|うり|ゅ|う 恐竜　　❷ り|ょ|こう 旅行　　❸ よんひ|ゃ|く 四百
❹ み|ょ|うにち 明日　　❺ こうり|ゅ|う 交流　　❻ ひ|ょ|う 表

應用練習1
❶ |れい|　　❷ |いち|　　❸ |に|　　❹ |さん|　　❺ |よん／し|
❻ |ご|　　❼ |ろく|　　❽ |しち／なな|　　❾ |はち|　　❿ |きゅう／く|

應用練習3
❶ 107　　❷ 02-3356　　❸ 03-7119　　❹ 06-3882　　❺ 09-4682
❻ 09-1763

應用練習4

① やきゅう
野球（棒球）

② しゃしん
写真（照片）

③ あかちゃん
赤ちゃん（嬰兒）

④ はくちょう
白鳥（天鵝）

⑤ ちきゅう
地球（地球）

⑥ こんちゅう
昆虫（昆蟲）

⑦ あくしゅ
握手（握手）

⑧ れんしゅう
練習（練習）

⑨ ひゃくしょう
百姓（百姓）

第9課

練習1

① じゃま 邪魔
② ぎょうざ 餃子
③ ぎゅうにゅう 牛乳
④ ぎゃく 逆
⑤ じゅうしょ 住所
⑥ じょうだん 冗談

練習2

① にんぎょ 人魚
② じゃぐち 蛇口
③ じゅく 塾
④ きんじょ 近所
⑤ ぎゅうにく 牛肉
⑥ じゅぎょう 授業

練習3

① びょうき 病気
② びゃくや 白夜
③ ろっぴゃく 六百
④ びゅんびゅん
⑤ いっぴょう 一票

應用練習1

10 じゅう
20 にじゅう
30 さんじゅう
40 よんじゅう
50 ごじゅう
60 ろくじゅう
70 ななじゅう
80 はちじゅう
90 きゅうじゅう
100 ひゃく
200 にひゃく
300 さんびゃく
400 よんひゃく
500 ごひゃく
600 ろっぴゃく
700 ななひゃく
800 はっぴゃく
900 きゅうひゃく

應用練習4

❶ 100円　　❷ 250円　　❸ 630円
❹ 910円　　❺ 840円　　❻ 720円

應用練習5

❶ がびょう
　画鋲（圖釘）
❷ ぎゅうどん
　牛丼（牛肉蓋飯）
❸ びょうぶ
　屏風（屏風）
❹ じょうず
　上手（擅長）
❺ ねんぴょう
　年表（年表）
❻ たいじゅう
　体重（體重）
❼ ぎゃくしゅう
　逆襲（逆襲）
❽ ぎょうじ
　行事（固定活動）
❾ じゃあく
　邪悪（邪惡）

第10課

綜合練習1

❶ や き とり 焼き鳥
❸ お に ぎ り
❹ ちゃわんむ し 茶碗蒸し
❺ おこ の み やき お好み焼き
❻ たこ やき たこ焼き
❼ う どん 饂飩
❽ そ ば
❾ やきそ ば 焼きそば
❿ かつ どん かつ丼
⓮ てん ぷ ら ていしょく 天麩羅定食
⓰ すき や き すき焼き
⓱ しゃぶ しゃぶ

綜合練習3

❶ ほっかい どう 北海道
❷ さっ ぽ ろ 札幌
❸ ふ ら の 富良野
❹ あお も り 青森
❺ や まがた 山形
❻ とう きょう 東京
❼ なが の 長野
❽ な ご や 名古屋
❾ ひろしま 広島
❿ な ら 奈良
⓫ きょう と 京都
⓬ きゅう しゅう 九州
⓭ ふ く お か 福岡
⓮ く ま もと 熊本
⓯ お き な わ 沖縄

綜合練習5

❶ b. か お 顔　　❷ a. そ こ 底　　❸ c. あ し 足

④ c. [せ]かい 世界　　⑤ b. し[き] 四季　　⑥ a. か[わ] 川
⑦ a. [る]す 留守　　⑧ a. か[ぎ] 鍵　　⑨ c. [しゅ]ふ 主婦
⑩ c. か[ば] 河馬

綜合練習6
① きゃべつ　　② だいこん 大根　　③ しゃぶしゃぶ
④ きゅうり 胡瓜　　⑤ にんじん 人参　　⑥ ぴーまん
⑦ かぼちゃ 南瓜　　⑧ たまご 卵　　⑨ おでん
⑩ おにぎり お握り　　⑪ てんぷら 天麩羅　　⑫ じゃがいも じゃが芋
⑬ なっとう 納豆　　⑭ だんご 団子　　⑮ せんべい 煎餅
⑯ ぎゅうにゅう 牛乳

綜合練習7
① [ざ]ら[ざ]ら（粗澀的樣子）　　② [じ]ん[じ]ん（陣痛）
③ [ず]る[ず]る（拖拖拉拉）　　④ [ぞ]ろ[ぞ]ろ（絡繹不絕）
⑤ [ど]ん[ど]ん（連續不斷地）　　⑥ [だ]ら[だ]ら（冗長）
⑦ [ば]い[ば]い（再見）　　⑧ [ど]ろ[ど]ろ（黏稠地）
⑨ [べ]と[べ]と（黏呼呼地）　　⑩ [ぷ]り[ぷ]り（有彈性）

第11課

練習1
① イエオ　　② ウアエ　　③ オイア　　④ エオウ　　⑤ アエウ
⑥ アウエオイ　　⑦ エオイアウ　　⑧ オアエウイ　　⑨ イオアエウ　　⑩ ウアオイエ

練習2
① クカコ　　② ケカク　　③ キコケ　　④ コカキ　　⑤ ケキク

練習3
① [カ]ッコウ　　② [キ]ウイ　　③ [コ]ア　　④ オー[ク]　　⑤ [ケ]ア

練習4
❶ カー ❷ ケーキ ❸ コック ❹ エコ ❺ キック

練習5
❶ スソサ ❷ セシス ❸ サスセ ❹ セサソ ❺ シソス

練習6
❶ スキー ❷ サッカー ❸ シーサー ❹ ソックス

練習7
❶ シーソー ❷ アイス ❸ セクシー ❹ サーカス

練習8
❶ ツトタ ❷ テチト ❸ チツテ ❹ トタチ ❺ タテツ

練習9
❶ スーツ ❷ セーター ❸ ステーキ ❹ タクシー ❺ チーター

練習10
❶ スイーツ ❷ スカート ❸ チーク ❹ テスト ❺ タイ

練習11
❶ ニヌナ ❷ ネナニ ❸ ヌネノ ❹ ナノネ ❺ ヌニノ

練習12
❶ スニーカー ❷ ノート ❸ ネット ❹ サウナ

練習13
❶ ネクタイ ❷ オーナー ❸ ノック

應用練習1

❶	❷	❸	❹	❺	❻	❼	❽	❾	❿
し	い	す	の	お	か	つ	ね	う	ち

| ス | カ | ネ | シ | ウ | チ | オ | イ | ツ | ノ |

應用練習2

❶ c. ツ　　❷ a. ケ　　❸ c. ク　　❹ a. ソ　　❺ b. テ

應用練習3

❶ アイウエオ　❷ カキクケコ　❸ サシスセソ　❹ タチツテト　❺ ナニヌネノ

應用練習4

❶ キウイ　❷ サウナ　❸ スキー　❹ アイス　❺ ノート
❻ タクシー　❼ サッカー　❽ ケア　❾ ステーキ

第12課

練習1

❶ ヘホハ　❷ ヒヘフ　❸ ホフヘ　❹ ハヒホ　❺ フヘヒ

練習2

❶ フック　❷ ホット　❸ ハート　❹ ヒーター　❺ ヒッチハイク

練習3

❶ ヘア　❷ ハット　❸ ホース　❹ タヒチ

練習4

❶ ムミモ　❷ ミメマ　❸ メムモ　❹ マメミ　❺ モミマ

附錄

練習5
① マッチ　② ミッキーマウス　③ タイム
④ メイク　⑤ モーター

練習6
① メモ　② マイク　③ モニター　④ マウス　⑤ ミニカー

練習7
① ユヨヤ　② ヤヨユ　③ ヨユヤ　④ ユヤヨ　⑤ ヨヤユ

練習8
① タイヤ　② ヨット　③ ヤッホー　④ ユッケ

練習9
① ヨーヨー　② トヨタ　③ ユニーク　④ カヤック

練習10
① レラロ　② リロル　③ ラルレ　④ ロリラ　⑤ ルレロ

練習11
① ラーメン　② ロック　③ ミルク　④ リットル　⑤ イーメール
⑥ フカヒレ　⑦ ヤクルト　⑧ フルーツ

練習12
① ライチ　② カレーライス　③ ホテル
④ カメラ　⑤ アイスクリーム

練習13
① ヲワン　② ワンヲ　③ ンヲワ　④ ヲンワ　⑤ ンワヲ

練習14
① レモン　② レストラン　③ ワッフル　④ エアコン

練習15
① メロン　② ワイン　③ フラワー　④ リンス　⑤ ワックス

應用練習1

① ん ・　　　　　　　・ ホ
② を ・　　　　　　　・ ヤ
③ わ ・　　　　　　　・ ロ
④ ま ・　　　　　　　・ ワ
⑤ ほ ・　　　　　　　・ ン
⑥ め ・　　　　　　　・ ヒ
⑦ ろ ・　　　　　　　・ メ
⑧ ひ ・　　　　　　　・ ル
⑨ や ・　　　　　　　・ マ
⑩ る ・　　　　　　　・ ヲ

應用練習2

① c. ム　　② b. ヨ　　③ b. ホ　　④ c. レ　　⑤ c. ン

應用練習3

① ワクワク　　② ヒリヒリ　　③ ノロノロ　　④ ムシムシ　　⑤ ツルツル
⑥ サラサラ

應用練習4

① ミルク　　② ハート　　③ ワイン　　④ マウス　　⑤ タイム
⑥ フルーツ　　⑦ ラーメン　　⑧ ヤクルト

第13課

練習1

① ググガ　　② ゲゴギ　　③ ガゲグ　　④ ギガゲ　　⑤ ゴギグ

練習2

① ギ　　② ゴ　　③ グ　　④ ガ　　⑤ ゲ

練習3

① ギター　　② ガム　　③ ゴルフ　　④ ゲーム　　⑤ グラス

練習4
① ジズザ　② ゼザゾ　③ ズゼジ　④ ゾズザ　⑤ ゼゾジ

練習5
① ゾ　② ザ　③ ジ　④ ズ　⑤ ゼ

練習6
① ガーゼ　② ソーセージ　③ チーズ　④ ゼロ　⑤ ロッジ

練習7
① ヂヅダ　② ダドツ　③ ドヂダ　④ ヂヅド　⑤ ヅドダ

練習8
① ヂ　② デ　③ ド　④ ダ　⑤ ヅ

練習9
① ドラマ　② ダイヤモンド　③ ドクター
④ デート　⑤ ヌード

練習10
① ブバベ　② ビボブ　③ バベビ　④ ベブバ　⑤ ボブビ

練習11
① ビ　② ベ　③ バ　④ ボ　⑤ ブ

練習12
① ボート　② ビール　③ バナナ　④ ブログ　⑤ ベッド

練習13
① プパペ　② ペポパ　③ ポペピ　④ ピプポ　⑤ パピプ

練習14
① プ　② ポ　③ パ　④ ピ　⑤ ペ

練習15
① パン　② ペット　③ ピアノ　④ プレゼント　⑤ ポケット

應用練習1

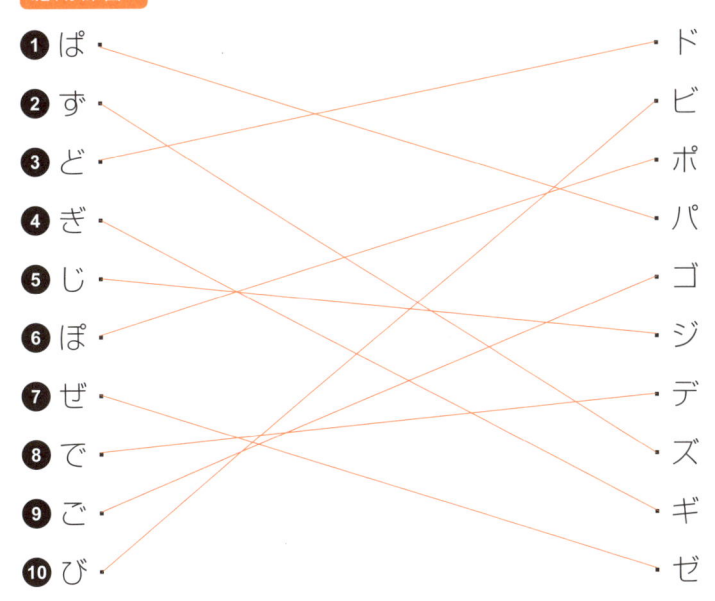

1. ぱ — ポ
2. ず — ギ
3. ど — ゴ
4. ぎ — デ
5. じ — ズ
6. ぽ — パ
7. ぜ — ド
8. で — ゼ
9. ご — ビ
10. び — ジ

應用練習2

1. マンゴー mango 芒果（B）
2. バナナ banana 香蕉（I）
3. パイナップル pineapple 鳳梨（G）
4. レモン lemon 檸檬（C）
5. ライチ litchi 荔枝（F）
6. キウイ kiwi 奇異果（D）
7. グレープ grape 葡萄（A）
8. メロン melon 哈密瓜（H）
9. オレンジ orange 柳橙（E）

應用練習3

1. トマト tomato 番茄（E）
2. ポテト potato 薯條（F）
3. ラーメン ramen 拉麵（B）
4. プリン pudding 布丁（K）
5. サンドイッチ sandwich 三明治（J）
6. ステーキ steak 牛排（G）
7. アイスクリーム ice-cream 冰淇淋（D）
8. ケーキ cake 蛋糕（H）
9. ハンバーガー hamburger 漢堡（L）
10. ピザ pizza 披薩（C）
11. サラダ salad 沙拉（I）
12. カレーライス curry rice 咖哩飯（A）

附錄

應用練習4

❶ コーヒー coffee 咖啡（C）　　❷ ウーロン茶 Oolong 烏龍茶（E）
❸ ビール beer 啤酒（A）　　❹ ワイン wine 葡萄酒（H）
❺ ウイスキー whisky 威士忌（B）　　❻ コーラ cola 可樂（I）
❼ ミルク milk 牛奶（D）　　❽ ココア cocoa 可可亞（G）
❾ カルピス Calpis 可爾必思（F）

第14課

練習1

❶ バーベキュー　　❷ シャツ　　❸ ショッピング
❹ キャンプ　　❺ シュークリーム

練習2

❶ チョコレート　　❷ チャット　　❸ チューブ
❹ ニュース　　❺ ニョロニョロ　　❻ ケチャップ

練習3

❶ リュック　　❷ ヒューマン　　❸ ミュージック
❹ リュウガン　　❺ ミャンマー

練習4

❶ ジュース　　❷ インタビュー　　❸ ギャル
❹ ジョーク　　❺ パジャマ　　❻ ピュア

應用練習2

❶ チョコレートケーキ　　❷ ショートケーキ　　❸ シュークリーム
❹ ジャスミンティー　　❺ ジュース　　❻ ビールジョッキ

第15課

綜合練習1

1. く
2. い
3. さ
4. ね
5. こ
6. た
7. よ
8. ほ
9. ら
10. ろ
11. よ
12. し
13. ら
14. あ
15. め
16. シ
17. ソ
18. ヌ
19. ワ
20. ル

綜合練習2

1. あさ 朝
2. ひる 昼
3. よる 夜
4. はる 春
5. なつ 夏
6. あき 秋
7. ふゆ 冬
8. はれ 晴れ
9. くもり 曇り
10. あめ 雨

綜合練習3

1. あたま 頭
2. かみ 髪
3. め 目
4. みみ 耳
5. はな 鼻
6. くち 口
7. かお 顔
8. くび 首
9. むね 胸
10. こし 腰
11. て 手
12. あし 足

綜合練習4

1. かめ 亀（烏龜）+ら　　　　　　　　　=カメラ（相機）　　　　　　　　3
2. かば 河馬（河馬）+ん　　　　　　　　=かばん 鞄（包包）　　　　　　　6
3. パン（麵包）+ダ　　　　　　　　　　=パンダ（熊貓）　　　　　　　　8
4. さい 犀（犀牛）+ふ　　　　　　　　=さいふ 財布（錢包）　　　　　　4
5. ぞう 象（大象）+きん　　　　　　　=ぞうきん 雑巾（抹布）　　　　　1
6. とら 虎（老虎）+んぷ　　　　　　　=トランプ（撲克牌）　　　　　　11
7. きつ+つき 月（月亮）　　　　　　　=きつつき 啄木鳥（啄木鳥）　　　9
8. す+いか 烏賊（烏賊）　　　　　　　=すいか 西瓜（西瓜）　　　　　　2
9. や+きりん 麒麟（長頸鹿）+ご　　　=やきりんご 焼き林檎（烤蘋果）　10
10. に+くま 熊（熊）+ん　　　　　　　=にくまん 肉まん（肉包）　　　　5
11. けい+たい 鯛（鯛魚）+でんわ（電話）=けいたいでんわ 携帯電話（手機）7

綜合練習5

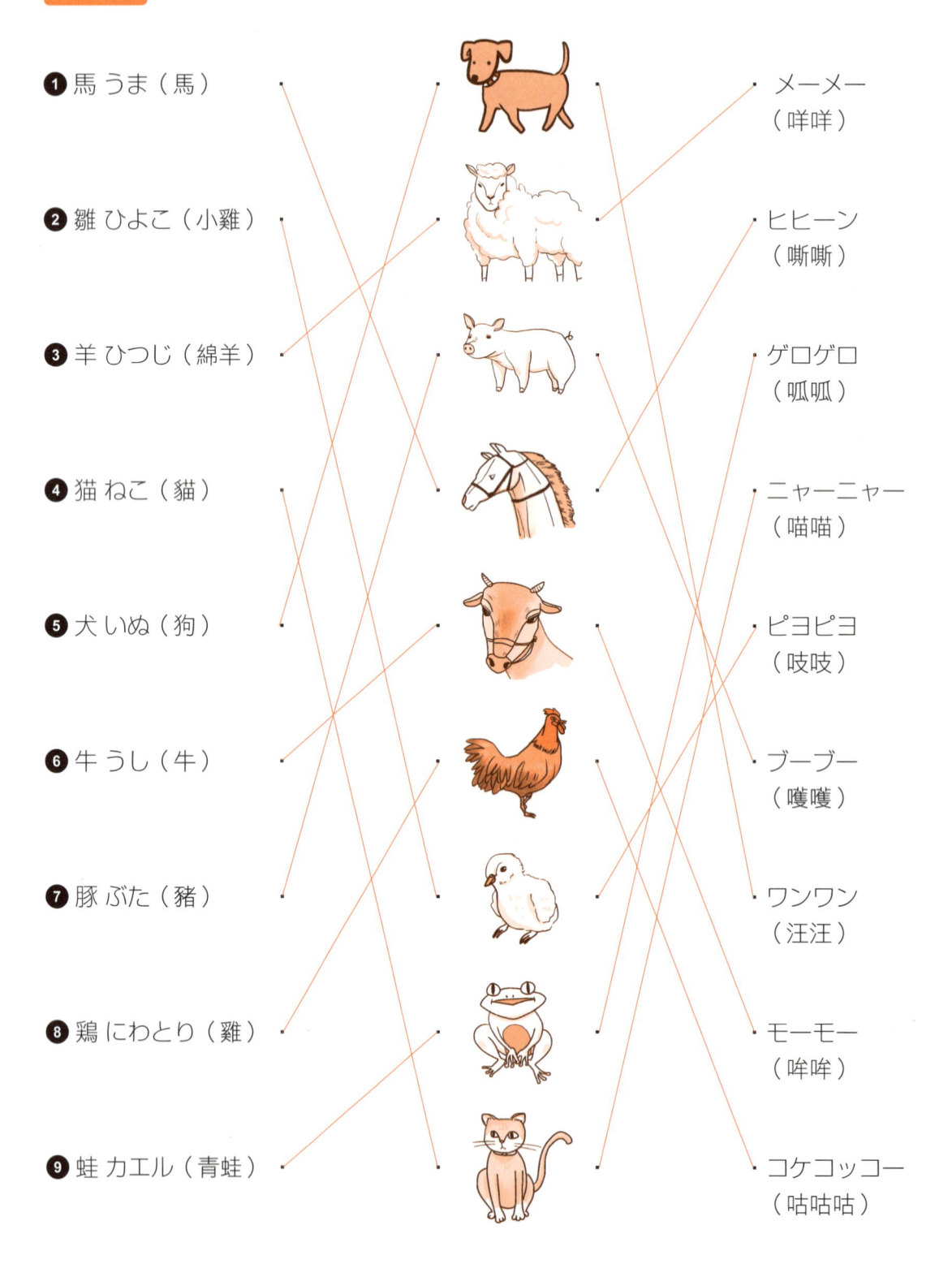

1. 馬 うま（馬）
2. 雛 ひよこ（小雞）
3. 羊 ひつじ（綿羊）
4. 猫 ねこ（貓）
5. 犬 いぬ（狗）
6. 牛 うし（牛）
7. 豚 ぶた（豬）
8. 鶏 にわとり（雞）
9. 蛙 カエル（青蛙）

メーメー（咩咩）
ヒヒーン（嘶嘶）
ゲロゲロ（呱呱）
ニャーニャー（喵喵）
ピヨピヨ（吱吱）
ブーブー（嚄嚄）
ワンワン（汪汪）
モーモー（哞哞）
コケコッコー（咕咕咕）

綜合練習6

			ブ					
		フ	ラ	ン	ス			
	ジ			イ	ン	ド	イ	
		ペ	ル	ー	ス	ペ	イ	ン	タ
ア	フ	リ	カ	イ	エ		ド	イ	ツ
	ィ			ギ	ジ		ネ	タ
	リ			リ	プ		ギ	シ	リ	ア
ロ	ピ	オ	ー	ス	ト	ラ	リ	ア	ア	メ
シ	ン	ガ	ポ	ー	ル			シ		リ
ア		メ	キ	シ	コ			ア		カ

綜合練習7

例 J こんにちは 午安、您好

❶ C こんばんは 晚上好

❷ E おはようございます 早安

❸ A おやすみなさい 晚安

❹ D 行ってきます 我出門了

❺ B おめでとう 恭喜

❻ H ただいま 我回來了

❼ F どういたしまして 不客氣

❽ I すみません 不好意思

❾ G いただきます 我開動了

綜合練習8

例 ただいま 我回來了　　　回應：お帰り（なさい）歡迎回來

❶ ごめんください 打擾了　　回應：いらっしゃい 歡迎光臨

❷ 行ってきます 我出門了　　回應：行ってらっしゃい 路上小心

❸ おはよう 早安　　　　　　回應：おはよう（ございます）早安

❹ おめでとう 恭喜　　　　　回應：ありがとう 謝謝

❺ どうも、ありがとうございます 非常感謝

　　回應：いいえ、どういたしまして 不客氣

```
國家圖書館出版品預行編目資料
........................................
元氣日語50音 新版 / 本間岐理著
-- 二版 -- 臺北市：瑞蘭國際, 2025.07
224面；19X26公分 --（日語學習系列；83）
ISBN：978-626-7629-77-2（平裝）
1. CST：日語 2. CST：語音 3. CST：假名
803.1134                              114009340
```

日語學習系列 83

元氣日語50音 新版

作者｜本間岐理・責任編輯｜王愿琦、葉仲芸・校對｜本間岐理、王愿琦、葉仲芸

日語錄音｜本間岐理・錄音室｜純粹錄音後製有限公司、采漾錄音製作有限公司
封面設計｜余佳憓、陳如琪・版型設計｜余佳憓・內文排版｜余佳憓、陳如琪・美術插畫｜Syuan Ho

瑞蘭國際出版
董事長｜張暖彗・社長兼總編輯｜王愿琦
編輯部
副總編輯｜葉仲芸・主編｜潘治婷・文字編輯｜劉欣平
設計部主任｜陳如琪
業務部
經理｜楊米琪・主任｜林湲洵・組長｜張毓庭

出版社｜瑞蘭國際有限公司・地址｜台北市大安區安和路一段104號7樓之1
電話｜(02)2700-4625・傳真｜(02)2700-4622・訂購專線｜(02)2700-4625
劃撥帳號｜19914152 瑞蘭國際有限公司
瑞蘭國際網路書城｜www.genki-japan.com.tw

法律顧問｜海灣國際法律事務所　呂錦峯律師

總經銷｜聯合發行股份有限公司・電話｜(02)2917-8022、2917-8042
傳真｜(02)2915-6275、2915-7212・印刷｜科億印刷股份有限公司
出版日期｜2025年07月初版1刷・定價｜450元・ISBN｜978-626-7629-77-2

◎ 版權所有・翻印必究
◎ 本書如有缺頁、破損、裝訂錯誤，請寄回本公司更換

PRINTED WITH SOY INK　本書採用環保大豆油墨印製